荒野牧草地
（夏之书）

【美】温思罗普·帕卡德 著　董继平 译

青海人民出版社

图书在版编目（CIP）数据

荒野牧草地 / (美) 温思罗普·帕卡德著; 董继平译. -- 西宁: 青海人民出版社, 2019.8
(自然物语丛书. 第三辑)
ISBN 978-7-225-05798-9

Ⅰ. ①荒… Ⅱ. ①温… ②董… Ⅲ. ①随笔—作品集—美国—现代 Ⅳ. ① I712.65

中国版本图书馆 CIP 数据核字 (2020) 第 135916 号

自然物语丛书 (第三辑)

荒野牧草地

(美) 温思罗普·帕卡德　著

董继平　译

出 版 人	樊原成
出版发行	青海人民出版社有限责任公司
	西宁市五四西路 71 号　邮政编码: 810023 电话: (0971) 6143426 (总编室)
发行热线	(0971) 6143516/6137730
网　　址	http://www.qhrmcbs.com
印　　刷	陕西龙山海天艺术印务有限公司
经　　销	新华书店
开　　本	850mm×1168mm　1/32
印　　张	6.25
字　　数	140 千
版　　次	2020 年 10 月第 1 版　2020 年 10 月第 1 次印刷
书　　号	ISBN 978-7-225-05798-9
定　　价	30.00 元

版权所有　侵权必究

温思罗普·帕卡德

总　序

董继平

　　自然文学，也称"生态文学""环保文学"。自古以来，自然就作为人类的书写对象而频频出现在各类文本中：起伏的群山、连绵的森林、奔流的江河、辽阔的草原、静谧的湖泊、变换的季节、习性各异的动物和千姿百态的植物……由此，自然成为世界文学史上一大永恒的主题，千百年来，由自然产生的杰作不在少数，那些名篇佳什或天马行空，或流光溢彩，或细致入微，影响甚大且余音不绝，这一传统延续至今。

在中国，至少有两部世界级的自然文学名著深深地影响过国人：一部是法国博物学家、文学家法布尔（Jean-Henri Casimir Fabre,1823—1915）所著《昆虫记》，在其中，作者以锐利的眼光、细腻的笔触娓娓讲述了昆虫之美，把普通人所鲜知的昆虫世界活脱脱地展现在读者眼前；另一部是美国诗人、超验主义作家梭罗（Henry David Thoreau,1817—1862）所著《瓦尔登湖》，在其中，作者用心灵之语向世人述说他在湖畔的生活，以及一个思想者、一个孤独的隐士融入自然的精神状态。其实，优秀的外国自然文学作品远不止这两部，只不过由于我们长期的忽视，未及发现和挖掘而已。

近代自然文学的产生、发展和繁荣自有其根源，绝非偶然。从工业时代开始，人类为摆脱低下、落后的生产方式而不断追求现代化，随着这一进程不断加速，自然生态也深受其影响，不断恶化，在面对日趋严重的生态破坏的时候，人们就更加渴望回归自然的怀抱，以科学、理性的态度去善待大自然。在这种情况下，近代自然文学应运而生。

美国自然文学的缘起

在世界自然文学的发展过程中，没有哪个国家像美国，自然文学那样发达、那样繁荣，其自然文学的成就之大、场面之壮观，在全球范围内可谓一枝独秀，在区区200年的时间里人才辈出，佳作纷呈，形成了群星璀璨、层出不穷的局面，让人目不暇接。美国自然文学的问世与发展，自有其渊源。当年，与欧洲那片老大陆相比，美洲这个新大陆尚属蛮荒之地，但在1789年美国建国以后的那几十年里，工业飞速发展，经济建设一路突飞猛进，经济实力渐渐迎头赶上欧洲老牌工业国。

然而，正是在那几十年的飞速发展中，美国为现代化进程付出了牺牲自然环境的沉重代价，其自然资源遭到了掠夺性开发，生态环境遭到极大破坏。比如，那条1869年竣工通车的横跨美国大陆的铁路，一方面带活了沿线的经济，为美国的进步和发展做出了巨大贡献；另一方面却让曾经在大陆上到处漫游的野牛加速消失。这条铁路建成通车之后，大批猎人便蜂拥来到原来野兽出没的蛮荒之地，致使美洲野牛种群急剧减少。这样的情况，美国第二十六任总统西奥多·罗斯福在他的《美洲野牛的故事》一文中有过详细的描述：

"……铁路对于猎人不可或缺，为他们提供了前所未有的廉价交通工具；同时，市场对野牛皮长袍的需求也有增无减，原本数量巨大的野牛又相对容易猎杀，于是就吸引了一群群冒险者赶来狩猎，掀起了一场世所罕见的野牛大猎杀，结果在极短的时间内，这种原本众多的大型动物被消灭了，这是前所未有的——好几百万头野牛遭到了杀戮……在那场大规模杀戮开始后的15年内，巨大的野牛群体几乎消失殆尽。如今在美国大陆上，据说很可能只剩下500群野牛，而且自从1884年以来，已经没有一群野牛的数量超过100头了。"

面对自然环境的日趋恶化，一批有识之士便开始为保护自然而积极奔走、大声疾呼，而美国人民也逐渐认识到日益逼近自己生活的诸多生态问题，大约在19世纪50年代至20世纪20年代这70年间，美国社会兴起了一场声势浩大的自然环保运动，其影响之大、覆盖面之广、持续时间之长，均令世界瞩目。在这场运动中，一些相关人士著书立说，大力宣传自然生态环保观念，在客观上促成了自然文学的蓬勃发展。此间不仅大家辈出，而且逐渐形成了美国文坛上的"自然文学"这一特殊文体，并蓬勃发展。到了20世纪下半叶，环境保护运动在美国达到了鼎盛，同时也在全世界范围内不断扩展，随着这一运动的不断深化，自然文学愈加受到人们关注，并形成了一个庞大的作者群体，这些作家均以自然为写作主题和对象，着重以科学的方式来揭示和探讨人与自然的关系，号召人们走进荒野，倡导人们与自然建立亲密联系，保护大自然的完整和野性，呼吁人们以更平等、更和谐的方式来处理人类与自然之间的关系。

美国自然文学的三位先驱

尽管有些文学史家把约翰·史密斯（John Smith，1580—1631）所著的《新英格兰记》和威廉·布雷德福（William Bradford，1590—1657）的《普利茅斯开发史》认为是美国自然文学的雏形，但真正意义上的第一位先驱当属博物学家威廉·巴特拉姆（William Bartram,1739—1823）。巴特拉姆也算出生于自然文学世家，他的父亲是"美国植物学之父"——约翰·巴特拉姆，因此威廉·巴特拉姆从小便受家学的熏陶，一边在父亲的植物园中徜徉，一边倾听鸟语、享受花香。从严格意义上讲，威廉·巴特拉姆算得上美国自然文学的第一位大家，在其代表作《旅行笔记》中，他以细致而生动的笔触描述了尚处于原始状态的美国东南部的自然风景，用亲身感受讲述了那里的自然荒野之美。这部著作于1791年一问世，便在欧洲引发了强烈的反响，颇得好评，即便柯勒律治那样的英国浪漫主义大诗人也对其大加赞赏。更重要的是，他在《旅行笔记》中告诉我们，地球上的一切生物都绝非呆若木鸡，相反，它们都很聪明："如果你留心一下任何动物就会发现，它们的效率高得让人震惊。它们行动前会精心策划，而且富有恒心、毅力和计谋。"这样的观点，无非是想让我们尊重自然和自然中的生命。

当然，美国自然文学的先驱不止巴特拉姆，除他之外，还有热爱鸟类、毕生沉浸于荒野的亚历山大·威尔逊（Alexander Wilson, 1766—1813）和约翰·詹姆斯·奥杜邦（John James Audubon, 1785—1851）。威尔逊是自然主义者，原籍苏格兰，热爱描写和绘画鸟类，被后来的博物学家尊为"美国鸟类学之父"。他所著9卷描述鸟类的著作《美国鸟类学》内有彩页，比另一位先驱奥杜邦的著作要早将近20年。如今在北美大陆上，有多种鸟类就是以他的名字来命名的，比如威尔逊鸫和威尔逊鹬。约翰·詹姆斯·奥杜邦是美国著名画家、博物学家，原籍法国，他深入荒野研究鸟类，其绘制的鸟类图鉴被尊为"美国国宝"。他一生留下了无数画作，他的每部作品不仅是科学研究的重要资料，也是不可多得的艺术杰作。他出版了《美洲鸟类》和《美洲的四足动物》两本画谱，其中《美洲鸟类》被誉为"19世纪最伟大和最具影响力的著作"。这两位先驱的作品对后世野生动物绘画产生了深远的影响，同时也对普通公众产生了巨大的吸引力，至今仍被频频引用。

超验主义和自然文学团体的形成

真正形成团体并在一定哲学观念的影响下投身于自然的作家，则是美国文学史上那批著名的超验主义者。

超验主义（transcendentalism）兴起于19世纪30年代的美国新英格兰地区，又被称为"美国文艺复兴"，深刻地影响了后来的美国文学和哲学的发展。超验主义的核心观点：主张人能超越感觉和理性而直接认识真理，强调直觉的重要性，认为人类世界的一切都是宇宙的一个缩影——"世界将自身缩小成为一滴露水"（爱默生语）。

超验主义的领袖拉尔夫·沃尔多·爱默生（Ralph Waldo Emerson, 1803—1882）在他那篇著名的《论自然》中提出了他对自然的观点，他不仅认为"自然是精神之象征"，还认为"我们从自然中学到的知识，远远超出我们能够任意交流的部分"，对后世影响甚大。不仅如此，他还认为，宇宙是大自然与人的灵魂的结合，人通过灵魂与自然和谐一致。只有接近自然、感受自然，人的灵魂才能真正体会到存在的价值。

而超验主义的另一位主将亨利·大卫·梭罗（Henry David Thoreau，1817—1862）则更是身体力行，他在爱默生的影响下深入自然,只身来到寂静的瓦尔登湖,搭建起小木屋,把自己的灵魂寄托在湖泊和山林之中。那时,他或在荒野中散步,或在树林中观察,或在湖畔沉思,悠然地体验和描写自然之美,把人与自然的关系都隐没在那些朴素的文字中。根据《美国遗产》杂志1985年的一项调查报告显示,在"十本构成美国人性格的书"中,梭罗的《瓦尔登湖》位居榜首,可见其影响之大。除了《瓦尔登湖》,梭罗还写下了许多涉及自然的散文和日记,他用淡淡的笔调娓娓倾诉自己的自然情怀,文字尽显自然之美,同时充满诗意和哲理。比如他的长篇散文《秋色》《散步》等篇什便是这方面的杰作。

爱默生和梭罗自不待言,在超验主义阵营中,还有一位中国读者几乎都不知道的女作家——玛格丽特·富勒(Sarah Margaret Fuller,1810—1850)。作为这个阵营中的女将,她在1843年的夏天摆脱了尘世的喧嚣,把自己的灵魂浸入北美五大湖区那湛蓝的水中,以优美的笔调写下了自然散文集——《湖上夏日》。

同一时期还出现了一位中国读者耳熟能详的美国自然文学作家,那就是大诗人沃尔特·惠特曼(Walt Whitman,1819—1892)。惠特曼也深受爱默生的影响(有评论家认为他也是超验主义者),他写下了不少涉及自然的诗篇和随笔。他在诗集《草叶集》中,极力赞颂自然的神奇、壮丽和伟大。他认为,大自然具有灵性,大自然的一切,包括山川、星辰和草木等都有"目的性",它们无时不在做着"向上运动",而且大自然中的一切都是平等的。惠特曼的散文集《典型的日子》更是体现了自然之灵,尽管这部作品以日记形式写成,但字里行间却散发出泥土和青草的芳香，让作者那种静静地观察、倾听、体验自然的形象跃然纸上。

两个名叫约翰的自然文学大师

19世纪的最后20年里，美国自然文学界出现了两位大师——"两个约翰"："鸟之王国中的约翰"——约翰·巴勒斯（John Burroughs,1837—1921）和"山之王国中的约翰"——约翰·缪尔（John Muir,1838—1914）。"两个约翰"是美国早期环保运动的领袖，他们分别奔走于美国东部和西部，为建立和谐的自然秩序而不懈努力。

巴勒斯是博物学家、鸟类学家，生活在东部的卡茨基尔山区，擅长描述鸟类生活，各种鸟儿在他的文字中栩栩如生，被誉为"美国乡村的圣人"和"美国自然文学之父"。他以自己长期生活的哈得孙河谷和卡茨基尔山区为中心，把自己探索自然的经历和体验写成了文字，先后出版了《醒来的森林》等25部作品集，均为传世之作。其自然文学作品影响巨大，就连曾任美国总统的西奥多·罗斯福都尊敬地宣称自己是"读着巴勒斯的书长大的"。

缪尔则是地质学家，也是一个永远在路上的行走者，这位"美国国家公园之父"以考察、研究和描写美国西部山区的风物见长，山峦与森林在他的笔下熠熠生辉。经过他的奔走呼吁，美国西部一些原本计划开发的美丽山林得以保存下来，比如约塞米蒂山谷，就是在他的大力呼吁之下，才没有遭到过度开发的破坏，后来还被辟为国家公园。

"两个约翰"著述众多，成就巨大，对美国乃至世界的生态环保思想产生了深远的影响，成为美国文化的重要遗产。

世纪之交的作家和作品

从 19 世纪末到 20 世纪初，美国自然文学达到了一个前所未有的巅峰：除了"两个约翰"，还涌现出了一大批杰出的自然文学家。尽管其职业各不相同，但他们都有一个共同的爱好，那就是热爱大自然。

女作家玛丽·奥斯汀（Mary Austin,1868—1934）则独辟蹊径，她避开自然文学中通常描写的山水，而是深入美国西南部沙漠，研究印第安人的生活方式，以女性细腻的笔触向人们展示了荒漠之美与灵性。其代表作为《少雨的土地》。

19 世纪至 20 世纪之交是美国自然文学的一个高峰，许多作家和博物学家纷纷投身于自然文学创作，就连西奥多·罗斯福（Theodore Roosevelt,1858—1919）——老罗斯福总统那样的政治家也客串了一把作家，推出了好几部具有影响力的著作。罗斯福是第一位对环境保护有着长远考量的美国总统，他在执政的七年间，采取了一些有利于国家经济建设和资源保护的措施。首先，他将 7800 公顷土地转为国有，从而为后人保存了大量的森林、公园、矿藏和水力等自然资源。其次，在 1904 年 3 月 14 日，他在佛罗里达州设立了第一个国家鸟类保护区，成为野生动物保护系统的雏形。再次，1905 年，他敦促美国国会批准成立美国林业服务局，管理国有森林和土地。最后，在他当政期间

（1901—1908），美国设立的国家公园和自然保护区的面积共约78.5万平方公里，超过了所有前任总统设立之总和，其中著名的有大峡谷国家公园等。

埃诺斯·米尔斯（Enos Abijah Mills,1870—1922）——"落基山国家公园之父"，他在落基山中生活了20余年，充当自然导游，长期跟野生动物打交道，写下了10多部自然文学著作。他还前往美国各州发表演讲、举办讲座，号召人们保护自然生态和野生动物，不遗余力地促进美国政府建立落基山国家公园。正是在他的力促之下，落基山国家公园才在1915年得以开张迎客。米尔斯在书中娓娓道来，讲述自己与野生动物亲密接触的经历，读来让人倍感亲切。同时，他的作品融合了科普信息、田野观察和个人逸事，为读者提供了一种与众不同、别开生面的自然指南。

小塞缪尔·斯科维尔（Samuel Scoville Jr.，1872—1950），美国博物学家、自然文学家，自幼热爱自然。尽管他的本职是律师，但他却在博物学领域取得了不小的成就。他以青少年为主要读者，写下了多部自然文学著作。

20世纪中期的作家和作品

20世纪上半叶，美国的自然文学似乎有些沉沦，这是因为两次世界大战的战火让人们的关注点转向了社会问题，无暇顾及自然生态，因而此间自然文学大作相对不多。然而到了"二战"之后的20世纪中期，美国又出现了两位极有影响的自然文学作家：奥尔多·利奥波德（Aldo Leopold,1887—1948）与蕾切尔·卡逊（Rachel Carson,1907—1964）。其实，奥尔多·利奥波德和蕾切尔·卡逊并不是专业作家，其职业也与文学创作无关，但由于当时的生态问题日益严重，他们的生态良心迫使其动笔写书，担当起向公众宣传环保的职责。时至今日，他们的著作在全球范围内依然具有极大的影响力。

奥尔多·利奥波德本来是林业学家、生态学家，长期致力于土地研究，也是美国享有国际声望的科学家和环境保护主义者，被称为"美国新保护活动的先知""美国新环境理论的创始人"。他的代表作《沙乡年鉴》于1949年出版，这部著作文笔优美，富于诗意，完整地传达出作者的土地伦理观，引起各方的重视，成为美国自然文学史的一个里程碑。

蕾切尔·卡逊是海洋生物学家，她在1935—1952年供职于美国鱼类及野生生物调查所，这就使得她有机会接触到诸多环境问题，从而引发深层次的思考。她出版过若干著作,其中在1962年出版的《寂静的春天》引发了美国乃至世界新一轮的环保运动。《寂静的春天》一书，以通俗的语言、生动的案例向公众揭示了盲目的经济发展给生态环境带来的恶果，对半个多世纪以来美国人的自然生态观念产生了巨大的影响。

20世纪下半叶以来的作家和作品

从20世纪六七十年代至今，美国的环保运动已沉淀为一种观念，自然文学也随之不断深入、扩展,呈现出百花齐放的繁荣局面,其间景象纷纭,作家众多,作品不断且各具特色:爱德华·艾比(Edward Abbey,1927—1989)的《大漠孤行》(*Desert Solitaire*)、玛洛·摩根(Marlo Morgan,1937—)的《旷野的声音》(*Mutant Message Down Under*)、约翰·海恩斯(John Haines,1924—2011)的《星·雪·火》(*The Stars,the Snow,the Fire:Twenty—five Years in the Northern Wilderness*)、巴里·洛佩斯(Barry Lopez,1945—)的《北极梦》(*Arctic Dreams*)、杰克·贝克隆德(Jack Becklund)的《与熊共度的夏天》(*Summers with the Bears*)……

爱德华·艾比是美国著名的生态文学作家,对环境运动影响极大,极具争议性。他生活在美国西南部,著书立说,抨击人类肆意破坏自然生态的行为,尤其是"唯发展论"。《大漠孤行》是艾比在做国家公园管理员时的工作记录,其中包含了他对沙漠景色和个人生活的诗意描写,展现了沙漠的魅力。同时,他犀利而又饱含感情地指出开发对公园的破坏,使人重新审视人类与自然、发展与自然之间的关系。

约翰·海恩斯是著名诗人、"阿拉斯加桂冠诗人",他在阿拉斯加建有牧场,"二战"退役后在那里隐居了40余年,著有诗文集多种,其中最出名的当属自然随笔《星·雪·火》。几十年间,他与星、雪、火为伴,与野生动物为伴,历经25年写成这部荒野手记,因此它既是雪地的"荒野生活指南",也是北地生活指南。

巴里·洛佩斯是著名的自然文学家和小说家,作品多涉自然。自然文学作品主要有虚构(代表作有《荒野笔记》)和非虚构(代表作有

《北极梦》)两大类。《北极梦》以饱含感情、充满诗意的文字,讲述了作者游历北极的见闻与联想——人与动物的故事、北极的历史、深刻的人生哲理……作者试图告诉读者如何做人,如何与大自然亲密相处,如何明智地生活在大地上。

自然文学的特色

非虚构与虚构：叙事和抒情为自然文学的两大写作手法。在自然文学作品中,或以叙事为主,或以抒情为主,或两者并重,从而形成了自然文学中非虚构和虚构两大类。非虚构作品大多以散文随笔写成,其中有抒情,也有叙事,语言流畅、精彩,适合大众阅读。这类作品几乎都是作者的亲身经历,可读性和故事性极强,同时又融文学性和科普性、知识性和趣味性为一体,这也是它长盛不衰的原因之一。虚构性作品是指作者在尊重自然规律、纪实性描述的基础上,加入了一些虚构成分,创作出以动物为主题的自然故事,其情节引人入胜,文字叙述流畅,寓意发人深思。在其中,作者以客观的态度、生动的语言向读者不动声色地阐明人与自然的关系,教导人们要尊重自然、保护生态,颇有教育意义。美国著名作家杰克·伦敦的《荒野的呼唤》,就是这类虚构性自然文学的代表作。

作家构成：自然文学有一个引人注目的特点,那就是作者来自各个不同的领域,他们或许并非专业作家,而大多是博物学家、环保主义者、科学家,甚至还有政治家……比如,梭罗是诗人、散文家,巴勒斯是鸟类学家,缪尔是地质学家,罗斯福是政治家,米尔斯是自然向导,小斯科维尔是律师,利奥波德是林业学家,卡逊是海洋生物学家,艾比是国家公园管理员……

强烈的地域性:自然文学多半具有强烈的地域色彩,即作家长期深入某一地域,对当地的山川、谷地、森林、动植物等生态环境进行细致入微的考察和研究,最后有感而发,形成作品。其中,美国东部的新英格兰地区尤其是马萨诸塞州,堪称"自然文学的策源地",先后涌现出大批作家和作品。每一位作家都会有自己特定的考察、写作地域或地点,比如梭罗的马萨诸塞州瓦尔登湖、科德角等,巴勒斯的纽约州卡茨基尔山区和哈德孙河谷,缪尔的加利福尼亚州约塞米蒂山谷,米尔斯的科罗拉多州落基山区,艾比的亚利桑那州荒漠,海因斯的阿拉斯加州荒野……他们写下的文字绝非道听途说的作品,均为可读性和故事性极强的散文,或者在尊重自然规律的基础上进行一定虚构的小说,融文学性和科普性、知识性和趣味性为一体,深得读者喜爱。

自然文学在中国

近十余年来,随着国人对自然的认识渐渐提高,自然环保概念在中国得到一定的深化,也出现了一些所谓的"自然文学"。但在我看来,目前这样的"自然文学"不过是一种噱头。

首先,国内很多地方的自然生态早已遭到了难以复原的破坏,即便要修复,至少也得几十上百年的时间,因此缺乏真正完整的生态链——虽然有森林,但林中已没有大型动物——人类毫不留情地占据了野生动物的生存空间,因此,真正意义上的"自然环境"仅存于少数极其偏远的地区,一般人难以抵达。

其次,作家创作缺乏自发性和自觉性,也缺乏生态良知。许多作家即便创作了一些关于自然的文本,也往往是应景之作,并非自发而为之,而且他们还缺乏对自然深层次的体验,因此,这样的作品虽涉及自然,却也仅仅是触及皮毛之作。这一点也恰好反映了目前国内普遍存在的一个认识误区,即很多人认为,凡是涉及自然的文学作品便是"自然文学"。

一般作家往往缺乏深入山林甚至独居山林的勇气和耐心,不会像梭罗那样把身心沉浸在静谧的湖水中,或在山间漫步,长时间观察一棵树、一片叶子在秋天如何变黄或变红,或在田野上品尝野果,接受造物主对人类的馈赠;更不可能像美国"落基山公园之父"埃诺斯·米尔斯那样,在长达20年的岁月里,数百次往来于山林间,或在山间小木屋观察生活在屋檐下的那窝小蓝鸲,或在林间溪畔追踪转移巢穴的丛林狼,或在群山深处拯救遭遇不幸的幼熊……

在国外,自然文学远比中国要走得早,也走得远,自然及自然文学类作品为数众多,国内虽有一些介绍,但其深度和广度均不够,仅就美国自然文学而言,目前已经介绍到中国的作品也不过是极少一部分。这套《自然物语丛书》的宗旨就是填补这一空白,计划收入那些在中国未曾出版或以前出版过但译文不佳、颇具收藏价值的外国自然文学(以自然文学大国美国为重点)作品,突出作品的原创性、故事性、科普性和可读性。这样的作品既是文笔优美的文学作品，也是趣味性极强的科普读物，对于加深中国读者对自然的认识肯定会有莫大的帮助。目前，国民对自然方兴未艾，绿色环保和认识自然也作为常识而进入了大、中、小学课堂，不过多数国民对自然的认识还停留在初级阶段，或者不得要领，存在着很大的局限性和片面性，因此，阅读自然文学作品就成为帮助其重新认识自然最主要、最有效的方式之一。而《自然物语丛书》恰好能满足广大国民在这方面的需求，能帮助他们加深对动物、植物、季节及山川风物等自然细节的认识。出版《自然物语丛书》的主要目的，借用美国自然文学家巴勒斯的一句话，就是"我的书不是把读者引向我本人，而是把他们送往自然"。更重要的是，由于《自然物语丛书》行文流畅、内容有趣，融故事性和科普性于一体，因此适合男女老少各阶层读者赏读。

　　我相信，在经济飞速发展、生态问题不断恶化之后又得到逐渐重视和解决的中国，在当今"美丽中国"和"绿水青山就是金山银山"等鲜明的生态思想的指导下，优秀自然文学读物对于协调人与自然的关系具有非常积极的意义。

译　序

董继平

一直以来，美国东部的马萨诸塞州都是人文底蕴厚重之地。早在19世纪上半叶，这里就诞生过以爱默生、梭罗等人为首的"超验主义"作家群，这些作家相当重视人与自然的关系，强调直觉的重要性，认为人类世界都是宇宙的缩影——爱默生甚至说："世界将自身缩小为一滴露水"，因此他们持续不断的文学探索活动被后人誉为"美国的文艺复兴"。可以说，以他们为起点，倡导人们深入自然、探索自然和体验自然的传统就延续了下来。到了20世纪初，马萨诸塞州更是成为了自然主义者和博物学家的大本营，以自然为抒写对象的作家众多，作品迭出，其行文风格也各显不同，或叙事或抒情，或粗犷或细腻，或天马行空，或娓娓道来……而在其中，温思罗普·帕卡德就是一个不应该被忽视的人物。

温思罗普·帕卡德（Winthrop Packard，1862—1943），美国自然文学家、博物学家、环境保护主义者。他生于波士顿，1881—1883年在麻省理工学院攻读化学，但后来转向文学创作，为多家报刊撰稿，逐渐成名。在1898年美国—西班牙战争期间，他曾短暂加入美国海军服役。此后，他成了环保主义者，并广泛游历，同时为一些报刊撰稿，写作涉及自然的文章。1900年，他成为波士顿、纽约、圣保罗等城市几家报纸的签约记者，并担任了当时重要的家庭杂志《青年伴侣》的编辑。此后不久，他便搭乘破冰船"科尔文号"前往阿拉斯加，深入北极地区游历、考察，回来之后，他将这段经历写成了一部虚构作品《年轻的冰上捕鲸者》(1903)，并获得成功。

在帕卡德生活的那个年代，美国的环境保护运动风起云涌，他也置身其中，成为马萨诸塞奥杜邦环保运动早期发展史上的重要人物之一。从那时起，他所在的马萨诸塞奥杜邦协会不断发展壮大，如今已成为美国新英格兰地区最大和最著名的环保组织。当时，他不仅担任该协会的秘书和财会，还出资帮助建立了麋鹿山鸟类保护区。同时，他以马萨诸塞为中心，以新英格兰地区为主要活动范围，深入这一地区的自然荒野进行田野调查,探索并体验那里的原生态环境,仔细观察动植物,从而创作出了诸多自然随笔集,包括《佛罗里达小径》(1909)、《荒野牧草地》(1909)、《野林之路》(1909)、《林间漫游记》(1910)、《林地小道》(1910)、《一个博物学家的文学朝圣之旅》(1911)、《白山小径》(1917)、《老普利茅斯小径》(1920)等,其中尤以《荒野牧草地》《野林之路》《林间漫游记》《林地小道》组成的《四季物候志》最为著名。

《四季物候志》是帕卡德的自然文学经典作品。在这4部作品中,他以春、夏、秋、冬的物候现象为主题,以深入的探访、细致的观察、深邃而辽阔的沉思和联想、优美的文笔为载体,记录了20世纪初马萨诸塞及周边地区多种动物和植物在不同季节的不同呈现和转变,全面展现了当时当地的自然风物。

《荒野牧草地》是帕卡德所著《四季物候志》中的"夏之书",由11篇自然随笔组成。在这部作品中,作者以夏季的种种物候现象为线索,描述了大自然在这个季节显现出来的自然风貌和人们可以进行的户外活动,同时也体现了作者对自然博大而深沉的情怀,向读者传达了一种沉浸在大自然中的崇高精神。在本书中,他以优美的笔调、流畅的语感,对夏天的景物进行了细致入微的观察和记录,把夏天推进的整个进程描绘得淋漓尽致:

6月的早晨,最美丽的地方莫过于新英格兰的牧草地——这里是荒野和文明的分界线,树林的野物拍着迅疾的翅膀,迈着敏捷的脚步而来,栖居在这里,成为大量"半野鸟"之家。随着黎明的到来,鸟儿们唱起晨歌：叫声清脆的棕林鸫、最早起床的棕顶雀鹀、领唱的知更鸟、聪明但懒散的猫鹊……

6月的月夜，正当鸫和三声夜鹰不停地进行歌咏比赛时，各种植物花香四溢：高灌蓝莓、高灌黑莓、香蕨木、蜡杨梅、香杨梅……日出时分，另一种植物气味也渐渐袭来，微弱而美好，诱人走出牧草地，前往小水湾探寻，在对岸的岩石上，悬挂着绿叶华盖，那便是这种芳香的来源——美洲葡萄……

小水湾里，一些灌木蔓延到了水中，形成了小岛，随风将花朵抛撒在水面。水面上，幸运虫或翩翩起舞，或潜入水底；水黾则精力充沛地四处蹦跳，来回奔跑，却不会湿脚。沉寂中，到处传来"塔——格——格"的合唱声，之后又沉寂下去。黄昏时分，随着仙女中的女王——月形天蚕蛾的到来，你能听到形形色色、为数众多的蛙类表演者亮起歌喉……

到了7月，松林散发出松香味儿，植物绽放，朝昆虫露出花朵，一只白蛱蝶飞来，落到树干上，它刚刚逃脱了被鸟儿攫走的厄运。它不时落在树干或花朵上觅食，伸出喙吻尖，或吮吸花蜜，或用小小的舌头捕食红色的虫子。然而，一只大冠蝇霸鹟就潜伏在附近……

7月下旬，酷热中天气凉爽的时候，就可以沿着溪流垂钓了。太阳鱼群集在水草下，肥大的金鲈逗留在岩石下的洞穴中，但下游的深潭有你无法抗拒的诱惑。在下游的乡野，把鱼钩再沉下去一点儿，便可捕获鲶鱼。而离群索居的鳗鱼最难捕获，它独来独往，狡猾得令人惊诧，即便你将它钓起来，它也可能溜走……

荒野的溪畔，蕨类植物和金缕梅隐藏着神秘的世界。那里有水中小妖精的咕哝——大批豆娘展开闪光的黑翅，在池潭上飞来飞去，它们沿着芦苇爬进水里产卵；在更远一边浅浅的漩涡中，水蛇咬住太阳鱼游过来；普通蝰蛇咬住蟾蜍，而蟾蜍的前腿从其嘴里突出来，使得蝰蛇的样子很像龙……

在本卡蓬湖的泥沼中，生长着金银莲花、苦草、淡水鳗草和梭鱼草，给水岸增色不少。白色的睡莲密密匝匝，覆盖水面，构成了泥沼的基础。沼泽雪松、悬铃木和黑桤木趁虚而入，构建起野生动物的家园——麝鼠、麻鳽、黑鹂……但最受人喜爱的当属林鸳鸯，它不会远遁，却跟人来来往往地捉迷藏……

8月的薄暮，牧草地芳香四溢，蝴蝶在马利筋上来来往往，其中最引人注目的当属帝王蝶——9月下旬，这种蝴蝶必须飞往南方，踏上漫长的迁徙之旅。丧服蛱蝶英俊、潇洒，整个冬天都舒适地躲藏在岩缝中，等待春天到来。普通东部凤蝶醒来后就会穿上高贵的长袍……但只有帝王蝶最能干，在冒险精神的驱使之下漂洋过海，在世界各地开枝散叶……

4月初，一对蓝鸲飞来筑巢，却遭到家麻雀的洗劫：它们攻击蓝鸲，偷走其筑巢材料；当蓝鸲外出觅食的时候，它们趁虚而入，将蓝鸲幼雏赶出巢穴活活摔死。一对由人类抚养长大的乌鸦幼雏，胃口奇大无比，每天都要吃掉超过自己身体重量的食物。接着，鸟类因为养育后代而筋疲力尽，脱毛期来临，色彩黯淡、单调……

持续的干旱使得湖泊降到了20年来的最低水位，河蚌纷纷露出水面，成为乌鸦、臭鼬和麝鼠的大餐。在树桩湾，古老的树桩的心材依然健全，那里曾经生长着一片白扁柏，后来又成为草甸，再后来就形成了湖泊。干涸的湖泊中，淡水蚌的生活最迷人，其外壳奇妙地呈现出橄榄绿和浅黄色的条纹……

夏季漫长的干旱使得牧草地干燥、坚硬，湖泊也萎缩了，动植物渴望着下雨。预测天气的鹌鹑开始鸣叫，金黄水八角则在岸边成群结队地生长。天要下雨了。在这样的夜晚，各种气味在空气中弥漫开来。终于，第一滴雨落下来，接着响起一片噼噼啪啪的爆裂声，第一场秋雨就这样来了，牧草地的动物在夏天经历的苦难结束了。

虽然温思罗普·帕卡德的作品形成了体系，且在美国自然文学发展史上占据一席之地，但中国读者对他似乎还一无所知。因此，这一书系就成了其作品在中国的首译。我相信，这些渗透了作者对大自然深厚情感的文字，这些作者的真实经历，这些令人向往的田野调查，对于构建当今的"美丽中国"具有十分重要的借鉴意义，不仅能让国人了解到大自然中诸多鲜为人知甚至不为人知的细节，更能唤醒人们的生态良知，增强大家保护自然的意识。

2019 年 3 月于重庆云满庭

荒野牧草地

Contents

第1章	等待黎明	1
第2章	追踪野葡萄	17
第3章	探访蛙类音乐会	31
第4章	荒野寻蝶记	47
第5章	沿溪垂钓记	61
第6章	溪流的魔法	75
第7章	泥沼探索记	89
第8章	我们的蝴蝶朋友	103
第9章	鸟类的休息时节	119
第10章	低潮时节的湖泊	133
第11章	渴望第一场秋雨	149

第 1 章　等待黎明

Waylaying the Dawn

你之所以最喜欢那里,是因为无论你多么喜欢野物,那通往家园的脚步踩在常来常往的小径上都强烈地诱惑着你。它超越了一堵分隔两条小道的坚固而粗糙的石墙,其实横亘在两条小道之间的,是一条从荒野通向文明的漫漫长路。

6月的早晨,大地上所能找到的最美的地方,莫过于新英格兰的一片牧草地,新英格兰人热爱空旷的户外,而且很幸运——无论我们的家位于哪个镇子或哪个城市,事实上,往昔的牧草地都仍会在我们的门前铺展而开。

通往我最熟悉的牧草地的道路,穿过一座古老的院落,而那个院落从不曾关闭,始终对人亲切地敞开。道路经过古老的厩棚,在一片磨旧的田野边上以直角转弯。接着,你就进入一条古老的小道,小道通往一个多世纪以来都是放牧奶牛的牧草地。在那里,剪短了的草皮就像是草坪,位于灰白、长满青苔的古老的石头围栏之间,在一个多世纪或更久远的时光里,农夫前往岩石嶙峋的田野挖来那些石头,将其堆砌起来,筑成公认的界线。如今它们还矗立在那里,保留着当年农夫堆砌它们时的模样,成为辛勤劳动的阴冷的纪念物,时光伸出那可以软化万物的手,将其变得美丽。

日复一日，牛群依然走在小道上，在这样的地方，这样的石墙显得简朴，但其中很多小道不曾有脚步走过，而如此僻静的状态已经持续了50年。在这些小道上，装饰着忍冬（woodbine）的花环，以铅笔柏（red cedar）作为伫立的哨兵，还散发着种种野玫瑰、杜鹃花（azalea）和桤叶树（clethra）的芳香。

与这条草坪般的小道并肩而行的，是另一条小道，隔壁农场的牛群曾经屡屡横越那条小道，但如今已经有整整一代人不再使用它了。在那条小道上，树林的野物自由自在，彼此救助，它们通过狂欢性的占有来控制小道。正如第一条小道温顺而光滑，另外一条小道则显得十分野性而蓬乱。要是你走进去，悬钩子（raspberry）和黑莓（blackberry）纠缠的枝叶就会缠住你的腿，仿佛要控制你，直到桦树和桤木（alder）、雪松（cedar）、檫树（sassafras）查看你，判断它们是否可以寄宿在你的身上。要是你正确地抓牢它们，你就能穿过去；如果没有抓牢，它们就会让你昏头转向，不断抓挠你，然后你才得以继续前进。

在这里，蓬乱的野葡萄从墙上攀爬到树上，从雪松攀爬到桦树上，从桦树攀爬到栎树上，在那里，它把它那巫术一般的芳香远远地散发到早晨的空气中。通过这种香味，你可以潜行追踪一棵开花的野葡萄，行程可达1.6公里之遥，还会恰好找到那个连空气都为之兴奋的地点，从而得到充分的回报。

这条小道野性十足，那些树林的野物拍着迅疾的翅膀，迈着敏捷的脚步而来，频频造访此地。在那条被磨损得光滑的小道上，野物很少，你很可能根本就看不见一只鹧鸪，如果碰巧有一只红狐越过小道，它也会小心翼翼地迈步前行，仿佛脚下的地面灼热无比。然而，在另一条小道上，狐狸可能会偷偷潜行一小时都丝毫不会受到惊吓，相反，它会警惕地盯着邻近的鸡舍，伺机而动；红松鼠会在雪松上筑巢；在清晨的黑莓丛中，鹧鸪则领着幼雏一路前行。

在一条小道上，杜鹃花散发出它那白色的芳香，而在另一条小径上，就连毛茛（buttercup）都绝不会迎风点头，然而，你最喜欢那光滑的被修剪过的小道。它向你谈及农场的家常生活，那挤奶时朝着厩棚满足地打盹儿的奶牛，还有那在挤奶时一边歌唱一边在奶牛身后抬起横杆的农家男孩。你之所以最喜欢它，是因为无论你多么喜欢野物，那通往家园的脚步踩在常来常往的小径上都强烈地诱惑着你。它超越了一堵分隔两条小道的坚固而粗糙的石墙，其实横亘在两条小道之间的，是一条从荒野通向文明的漫漫长路。

因为牧草地教给我们的故事，祖先们从荒野中夺取新英格兰土地支配权的故事，还有荒野包围他们的世界，不仅伺机跃到我们身上重新夺回拥有权，而且还像一支入侵的军队悄悄深入我们的田野，暗中夺取那通过武力不可能赢得之物的故事，甚于其他一切。

在荒野的警戒线上，那横在牧草地上的栏杆，把践踏得光滑的小道世界和被密集地收割的田野分隔开来。就让我们在这条分界线上稍作停顿吧。我们的后面是文明的堑壕，农舍、厩棚和其他建筑物——它的堡垒。镇子的道路其实成了军事之路，从一个加固的营地通往另一个加固的营地，种植牧草的田野是它的缓冲区，石墙则是它的外部堑壕，处于最前线。荒野的军团连续不断地挑战这些文明的产物，唯有农夫及其手下人的警惕性才会阻止荒野的蔓延。

如果让这种警惕性放松一年，哪怕在春天只放松一个月，那么荆棘、蜡杨梅、香蕨木（sweet fern）和野玫瑰——这些勇敢的侦察兵，就会拥有立足之地，它们会坚守在那里，只有死亡才会让它们屈服。与此同时，桦树会紧随其后——一旦前面那些侦察兵找到了立足之地，这些轻步兵便会蜂拥着向前线挺进。这些植物牢牢地固守，拼死控制阵地，直到松树、山胡桃树（hickory）、枫树和栎树——这些主要作战队形中的强健者到来，你还没来得及察觉，原来的农场就被其收复了。荒野重新获得了它所丧失的土地，荒野完整的秩序抹去了那种我们称之为"文明"的古怪的混乱。

在牧草地这种存有争议的土地上，在这种大自然的风水宝地上，人类与逐步蚕食的荒野每年都在进行斗争，而这种斗争总体上有利于荒野，因为牧草地的动物栖居在这里——花白旱獭、兔子甚至狐狸在这里都拥有洞穴，在农夫的苜蓿地和花园的小块土地上，花白旱獭和兔子发现便利的觅食之地，而狐狸则发现农夫的鸡舍和兔子同样唾手可得。

虽然鹰和猫头鹰更喜欢栖居在深深的树林中，越接近原始森林越好，但这片牧草地也成为了它们幸福的狩猎场，然而乌鸦却常常选择了牧草地上的松树丛，在其中一棵松树上筑巢。这片牧草地尤其成了你可能称为"半野鸟"的大批鸟类——鸫（thrush）

类之家,从诚实的知更鸟(robin)到猫鹊(catbird)、莺类、雀类,还有其他许多面对深深的树林而畏缩不前的鸟类,因为那些树林是大道,在这里,在黎明那些魔幻的时辰里,当黎明在第一抹模糊的鱼肚白和日出之间来临时,你就能听见那些鸟儿圆满地合唱着晨歌,那歌声在狂欢的庆祝中飘向四面八方。

6月,在这里的马萨诸塞东部,黎明早早就来临了。黎明来临的时候接近凌晨3点,此时,如果你观察东方,就会看见那里奔涌着一点点红色,就像那绾着发髻的少女突然获知情侣将要到来的消息,脸上泛起的颜色。这种红色很快就会隐退,很显然,这完全是一个误会,因为黑暗比以前还要浓重,夜晚就像世界末日的夜晚,笼罩在世界的脸上。黎明的来临很漫长,你等待着它。约书亚①(Joshua)显然在叙利亚升起来了,依旧掌握着太阳,因此他可能有时间进一步去迷惑敌人。

根本没有人相信会有黎明。你不能通过棕林鸫来证明这一点。棕林鸫歌唱得最佳,它确实只在阴影中歌唱,甚至还常常在最黑暗的夜晚发出一两个铃铛般清脆的音符,那种音符带着一种抚慰的、催眠的感觉,就像是远处传递过来的昏昏欲睡的牛群摇响的牛铃声。不,棕林鸫并不是可靠的目击者,如果你熟悉黎明前的田野和牧草地,对其特性了如指掌,那么你就无疑会从棕顶雀鹀(chipping sparrow)那里获得证据。棕顶雀鹀是最早起床的鸟儿,因为它是

---

① 《旧约圣经》中希伯来人的领袖,继承摩西而执掌以色列。

一种负责唤醒同类的最小的鸟儿。对于它来说，最小也成为最早。我不知道它究竟是真的看见了黎明，还是嗅到了黎明的气味。在天空开始出现变化之前，空气中就有了一种变化，或许它注意到了这种变化。也许是由于它体形较小，因此所需的睡眠时间也比其他鸟儿要少，它发出的探寻的音符是一种悲叹，悲叹夜晚比那宣称夜晚正在结束的预言还要漫长。但是，正是它率先确切地预测到那即将来临的白昼，在它发出第一声鸣叫很多分钟之后，天色才逐渐明亮起来，一种浅白的光环在万物周围慢慢隐现，那样的情况告诉你：太阳确实正在升起。即使在此时，你也很可能不曾听到其他鸟儿的音符，它们的鸣叫似乎要在很久以后才会传来。

　　然后，从旷野的一处树端上，骤然传来一阵突发的鸟语，令人惊讶，仿佛有人在说："哎呀，保佑我吧！已经是早晨了。"然后，从一只知更鸟完美的喉咙里迸发出了一阵歌声，仿佛它是一个无形唱诗班的领唱者，因为在它从一棵树转移到另一棵树之前，仅仅吹奏出一段音乐，在附近，只有老天才知道距离究竟有多远，反正知更鸟突然爆发出一首伟大合唱的混合旋律，其中回荡着尽情欢乐的响亮音符。

　　黎明的旷野中，知更鸟一直都拥有它所独自享受的序曲，因为在那里，歌带鹀（song sparrow）要在大约10分钟之后才开始歌唱。在这些歌声中，你将再度听到那单一的鸟儿的歌声，紧接着，几乎就在同时，四周响起了一场大合唱：在歌带鹀的歌声之后，接踵而至的是很多种莺类发出的音符，它们为数众多，如果你不是专家，就根本无法辨别出它们的歌声，也无法叫出它们的名字。在这些鸟儿歌唱之后，附近又传来了北美红眼鸟和嘲鸫（thrasher）的歌声——无论如何，它们都不是如此早起的鸟儿，很晚的时候，还传来了猫鹊的歌声。猫鹊很聪明，但就像很多聪明人一样，它也很懒散。

就在这片牧草地的另一边，在直线距离小道大约 1.6 公里处，延展着一片沼泽，实际上它是牧草地的一部分，却也是较为偏远的荒野的一部分。我选择了在这片沼泽的边缘处迎接黎明，在某种程度上凭借嗅觉小心翼翼地穿过黑暗行进，因为沼泽散发出一种特有的麝香似的气味，在夜间的空气中，这种气味远远地四处飘散，大老远就可以闻到。从山坡走向下面的沼泽，你会穿过一片纠缠的胭脂栎（scrub oak），这些树木把你引向一个较为低矮之处，那里的桤木上纠缠着绿蔷薇（greenbrier）——我们亲切地称之为"马藤"。

在这里，地面开始变得柔软，偶然会出现一丛丛泥炭藓（sphagnum），它们如同灰褐色的天鹅绒地毯，但尚未拼凑完整，却跟黄连（gold thread）那黄色的疏缝拼凑在一起。胭脂栎中间，一棵庄严堂皇的松树耸着肩头，把一种可靠的松香气味传送给你。胭脂栎知道自己所分配的地面，在其脚趾刚刚触及沼泽之水的时候，就停止了漫游，伫立在水边。但松树更具冒险精神，在那震颤的泥炭藓中央，在那地毯般铺展的褐色地面上，它们常常用自己的根须隆起一个个坚固的小土堆。纤细的雪松从沼泽朝这些松树挤进来，枝叶如同羽毛，宛若仆从的骑士在集结，去支持他们的君主。

靠近沼泽边缘，在其中一个松树岛上，一只橙顶灶鸫（ovenbird）构筑了巢穴，在6月这个特别的夜晚，它非常悲痛，因为它无法进入自己的巢穴了。橙顶灶鸫在地面低矮的灌木丛中和藤蔓间筑巢，通常会选择一个松针散落在枯叶间的地点。它小心翼翼地拾来枯草，给巢穴做屋顶，建造一个隧道般的入口，因此你可能既看不见它产下的蛋，也看不见那栖息在蛋上面的鸟儿。你可能只有踩到了那只鸟，才会发现其存在，即便在你专心致志地寻找它的时候也不例外，你可能确切地知道它肯定就在某一小片地面上，但只有经过长久的搜寻才会找到。我在那个巢穴的一旁行走，脚步踩碎枝叶的声音惊吓了那只亲鸟，它立即从巢穴中起飞，迅速消失在黑暗中，不敢飞回来，因为我无意间坐在那棵松树下面，而那里几乎正面对着巢穴入口。那只鸟因为担心巢穴及其本身的安危而受到了惊吓，犹如一个鸟类幽灵，在四周振翅飞翔了一阵，还在密丛中打了一会儿盹儿，然后又觉得奇怪和恐惧，便开始悲叹起来。

棕林鸫正在附近的密丛中孵蛋，听见了那种悲叹声，便无法入睡，而它的伴侣也绝不会离开太远，不时会从翅膀下抬起头来，懒洋洋地发出一两个铃铛般可靠的音符，但我没有移动。我不清楚自己就是那只橙顶灶鸫遭受麻烦的原因，如果是那样的话，在黑暗中到处移动很可能会给它带来更大的灾难。

那虚假的黎明发红，接着就消失了，真实的黎明露出一条条灰白色，随着那带着金色而穿透云层的玫瑰色光亮而发红，一千个尽情欢乐的嗓音从树端回荡到树端，在整个牧草地上激越而去，传递到较远处的树林之中，我依然等待，一动不动地伸开四肢躺着。你可能认为我死了，成为午夜某个悲剧的牺牲品，但牧草地的居民们却不那么认为，它们在自己的领域中，对这样的事情更为聪明。

在最初那种微明的灰白中，几乎没有露出黎明那一条条可靠的红色，一只乌鸦沉默着，如同蝙蝠一般，从邻近的一棵松树顶上偷偷移动。在早来的黎明的微光之中，它振翅向前飞翔之际，你根本无法连续看见它那移动的身影。它的翅膀做出的动作使得它奇异地出现又消失，仿佛它在来回躲避着什么，在雾霭形成的柱子的掩护之下向上飞掠，然而那里并没有雾霭，只有早来的无常的光，那种光似乎以小队而不是以群集的锋线进入。正当这只乌鸦接近我所在的沼泽中的那个松树岛时，它在飞翔中突然转身，带着无声的激动落到一根枯枝上。片刻间，它拉长了脖子，敏锐地凝视着我那一动不动的身影。有时候，乌鸦是清道夫，如果附近有死人，它就想去打探。因为那种习性，如果周围有任何其他东西，它都想去了解清楚，因为乌鸦同样爱说闲话。然后，它凝视着那个一动不动的身影片刻，然后就从枯枝上一跃而起，一边朝着东方振翅，飞进深红色之中，一边大声鸣叫——它那充满活力的鸣叫，立即在四面八方回响起来。

它这样大叫："嗨！嗨！嗨！鸟民朋友们，这里的树林中有一个人。他一动不动，但他只是在装死。提防他！"

那叫声在四面八方回荡，吸引了它的部族中的其他成员，它们不断向四周传递这一信息。它们都在大叫："树林中有一个人！提防他！"片刻间，正在附近歌唱的鸟儿立即沉默了，可能它们想看看那个人，因为它们也明白乌鸦发出的警告性的音符，仿佛它们也讲乌鸦的语言。

现在是鸫在歌唱，过了一会儿是猫鹊在歌唱，那个懒散的堕落者终于醒来了。它也像乌鸦一样爱说闲话，更有甚者，它还是戏弄者。为了伸直脖子上那些过夜时被弄乱的羽毛，它摇了摇脑袋。与此同时，它伸展一侧的腿和翅膀，然后又伸展另一侧的腿和翅膀，那是一种像人类那样富于表情的鸟类呵欠。接着，它就带着满足而惊讶的姿势和激动，朝一边扬起脑袋说："喵——"它也看见了沼泽的入侵者。猫鹊是优秀的歌手，也就是说，它是优秀的模仿者。它的品位也很高，因为它只模仿那些最佳的歌手。在这里的北方，它模仿赤腹鸫（brown thrush），综合来考虑，它无疑是我们最佳的声乐家。它模仿得如此之好，以至于你不能确切地辨别出这边是猫鹊在歌唱，那边才是鸫在歌唱。在南方，它以相同的逼真性来模仿小嘲鸫（mockingbird）。你会不甚了解地说，它是我们最能干的歌手，最值得推崇的鸟儿，因为它用其他鸟儿的嗓音来参加化妆舞会，但是，一旦让它受惊或者生气，或者它对任何事情过于激动，它身上那种堕落的成分就会重新占据上风，它就会重新发出那种"喵——"的声音，由此得名"猫鹊"。

尽管如此，猫鹊具有坚信的勇气。其中的一种坚信，就是它有权去满足自己那种难以驾驭的极度的好奇心。在树林中，你设置捕鸟陷阱，并装上诱饵——某种激发鸟儿好奇心的东西，立即就会招来它的探究、调查，因此你就会捕获一只猫鹊。其他鸟儿也可能会动身前往陷阱，但猫鹊却往往急不可待，抢在它们之前到达那里。因此，在发出几次"喵——"的声音，当它的挑战得不到回应之后，它就飞到一根距离我的头顶大约三十厘米高的细枝上，在那里一动不动地栖息了片刻，除了它那玻璃珠一般的黑眼睛从头到脚地打量我，最终盯着我的眼睛。不经意间，我微微地眨了一下眼睛，那是我做出的唯一动作，但那就足够了——只见那只猫鹊的尾巴一摆动，翅膀一夹，就像一道灰白的闪光穿过了密丛，飞到了另一边，它一边声嘶力竭地责骂，一边匆匆逃离，就像乌鸦曾经叫过的那样大叫："树林中有一个人！树林中有一个人！提防他！"

此时，黎明的深红色和金色变得柔软起来，扩散到清晨那珍珠母一般透明的薄雾之中。6月早晨的奇迹完整了，现在是该让那只橙顶灶鸫回来的时候了，也是让它确信其巢穴和蛋都安然无恙的时候了。

第 2 章　追踪野葡萄

Stalking the Wild Grape

穿过牧草地，香气从美洲葡萄的花朵上飘送而来。我只知道，它让我梦想到潘神在世界的早晨吹奏的笛管，与此同时，古希腊神话中所有奇妙的动物都应和着节奏翩翩起舞，以柔和的低音歌唱，内心洋溢着年轻生命的骚动。

这是月夜，然而月光正逐渐衰落下去，要到11点才会升起来。牧草地的鸟儿似乎错过了月亮，或者正在期待月亮重现，因为从6月的黄昏8点开始，从铅笔柏的掩蔽处或绿蔷薇的密丛中，一只又一只鸟儿发出了简短的询问声。有一两只鸟儿确实在坚持发声，连续不断地倾涌出一点点晨歌，用这样的声音穿过黑暗进行探究，好几分钟之后才停息下来，仿佛是因为受到了误导而感到羞愧。

当然，在任何一个温暖之夜，你都可能经常听见布谷鸟（cuckoo）的鸣叫，在密丛更浓密的那个区域，它释放出它作为看守者嘎嘎作响的咯咯声。但对于赤腹鸫，每半个小时穿过黑暗宣布早晨的来临，则是一种需要做出解释的荒诞行为——从理论上来说，有一种欢快的、充满青春活力的鸟儿，在这里练习月光小夜曲。当月亮升起来，月光首先用一种美好的金边触及松林的顶冠，还对着桦树洒下那些明亮、发光的祝福，渐渐将光芒漫射得越来越低，直到整个牧草地都呈现出黄金和薄暮的幽暗,我们知道鸫的狂喜丝毫没有界限,它倾涌出一种流体旋律的完美的喧闹,其中不时插入呼噜声和呐喊声,让人如此愉快,以至于迫使我想知道它的女士是否喜欢这样的曲调,是否喜欢这样唱着小夜曲的学生腔口吻。

我的睡椅就搁放在越橘(huckleberry)丛下面的青苔上,我端坐在睡椅上,聆听那些声音。牧草地的动物似乎应和着这种音乐聚集而来。白天,铅笔柏、桦树、越橘丛确实个性十足,而到了夜间,它们就各具特色。在白天,你根本不曾注意到它们的某些地点,如今隐隐地呈现了出来。一些铅笔柏挺立着,挺拔得就像军人,可能在担当哨兵;其他铅笔柏则犹如年迈的修道士,身披黑色长袍,聚集在一起商量着什么,与此同时,柏树和浆果丛竖立在它们周围,融入高尚之美——柏树纤细,身披那窃窃私语的、最薄的丝袍,是优雅的贵族;浆果丛强健,舒适得就像穿着家纺的衣物。你有些害怕那些铅笔柏,它们多么黝黑,似乎在非常专注地监视着你;你酷爱桦树,它们身披透明织物向你倾身,显得如此优雅而迷人;但浆果丛则耸起肩头,以资产阶级那种充满亲切感的欢迎方式来问候你,让你颇有宾至如归之感。

正当我聆听鸫的歌声,很快就发现自己只能用一只耳朵去聆听,因为在我的另一边,一只鸟儿正在迅速接近,发出声音更高、同样持久不停的喧闹。那是三声夜鹰,从表面来看,它被鸫的挑战唤醒了,前来参加歌咏竞赛。就我所知,鸫对三声夜鹰临近的挑战根本没有注意,只是在附近的桦树上坚持歌唱,然而那只三声夜鹰渐渐逼近，直到它好像几乎来到了我的头上，我都能清晰地听到它在每次鸣叫之间发出的那种嘶哑的吸气声。这些吸气声是非常短暂的喘息，因为三声夜鹰的喘息会不停地交叠，听起来相当清晰。

现在，那只三声夜鹰离开了一段距离，又返回来，却始终坚持发声鸣叫，与此同时，那只鸫则坚持在自己位于柏树上的栖息处，丝毫不曾退让。在夜里，我十几次醒来，发现它们还在进行歌咏竞赛，直到黎明的鱼肚白出现，那只三声夜鹰才沉寂下来，而那只鸫还在大声歌咏，就像刚刚在喘气之后恢复正常呼吸的男高音。它更加卖力地歌唱黎明，在早晨群鸟盛大的合唱中处于领唱地位，当我最后听见它的歌声的时候，它依然栖息在树上，发出悠扬、悦耳的喧闹声，问候晨曦洒下的金光。

一个对牧草地了如指掌的盲人，仅仅通过其他感官，就能在6月的早晨了解自己处于牧草地的哪个区域，以及他周围有哪些牧草地的动物。比如，他会通过听觉来辨别鸟儿，通过嗅觉来辨别灌木和树木。因为每一种植物都有一种与众不同的气味，随环境的不同而不同，但在相同的环境下绝不会改变。小檗果完全成熟之后，尤其是霜降的影响使其熟透、醇香，它就会散发出一种令人惬意、葡萄酒般的微弱气味，随着成串的浆果呈现出深红色之美，这种气味很可能诱惑过我们的祖母前去采摘，用来制作小檗果调味汁，无论多么少，男人们都可能宣称它只是鞋钉和糖蜜。

那些花朵下垂的黄色总状花序，似乎用金色的光来充斥灌木丛，在这样的总状花序中，花朵同样显得美丽，但花朵的气味，尽管最初一嗅很芳香，却有一种令人并不那么愉快的触后感。如果你经过之际揉碎叶片，就会闻到一种像是廉价的醋那样的气味，带有几分工作餐中那种红葡萄酒的反冲气味。揉碎那种粘杜鹃（swampazalea）的叶片，你就会闻到一种微弱但令人惬意的草莓麝香味儿。

当你一路挤过高灌蓝莓丛，你就会嗅闻到那些被揉碎的叶子散发出一种葡萄酒的气味，犹如某种美味的色拉的风味。高灌黑莓可能用刺藜划破你的手，它的花朵散发出犹如6月的玫瑰花香那样惹人喜爱的微弱气味，它们如此遥远，以至于你仅仅在梦中才得以一嗅其香气。杜鹃将在一个月之后用黏糊糊的芳香使得空气充满狂喜，而现在它从叶片中发出了某种气味，让你想起自己多年前品尝过的野草莓。这样的气味就是那么精致而令人怀念。

在你的脚下，香蕨木散发出了一种树脂香，就像从古老的香炉中飘来的虔诚的熏香；在一片仙境举行大弥撒之际，点燃蜡杨梅的圣坛蜡烛的气息；在溪畔之上，香杨梅散发出一种芳香，甚至比这些气味更美好。这个家族只有三个成员——杨梅属或杨梅科（sweet gale family）——然而，这是牧草地最不容错过的香味。它们热情得芳香四溢，就像对万物的祝福降临到它们周围，我总觉得这些气味在稳定地影响着其他牧草地动物的生活。我认识低灌黑越橘，那种有光泽的黑色果实因为其中的种子而在你的牙齿之下松脆、甘美，无论什么时候，只要一有机会，它就会生长在香杨梅中间。如今，如果你揉碎低灌黑越橘的叶片，就会从中获得一种幽灵般微弱的树脂香味，那很像香蕨木的香味。就这样，这些美妙的生命把自己的芳香传递给了它们周围的生命。

夜里，当我半睡半醒半聆听那只鸫和三声夜鹰进行声乐决斗之际，很多这样熟悉的气味就朝我袭来，但到了日出时分，当我从我在牧草地的苔藓上留下的凹痕中跳起来时，我又闻到了一阵气味，尽管我似乎没有将其辨认出来，也许是因为我无法给它命名，但那种气味似乎比这些气味微妙得更加倏忽不定，微弱得更加美好。

正如我在这里给很多东西命名过那样，我可以给它们一一命名，但这种气味却逃避着我，让我无法界定。它拥有一些真正的芳香，一种没有杂质的纯净的欢乐，你能在 7 月下旬或 8 月获得这种欢乐，它就来自桤叶树——那种在小溪畔和湖岸上排列成行的白桤木，这种树上悬挂着一簇簇美丽的白色穗子，散发出气味。可是，无论怎样想象，我都无法在 6 月初让白桤木开花。此外，在那纯净的芳香中，它只有一点那样的暗示。事情并没有那么简单。它具有一种芳香的、挑逗性的愉快，让我想起高高的玻璃杯中的水泡，很奇怪的是，那种想法并没有促使我给它命名，它确实没有被命名。

当你挤过那些被露水打湿的灌木丛，太阳正把那浸透你肌肤的乳白色阳光洒在灌木顶上，但那并没有关系，我为此专门穿来了防湿的衣物，因此我继续前行，快乐地享受那不断洒下的淋浴，但在我的鼻孔中，始终都有那种挑逗性的、诱人的气味。我偶尔会丢失它的踪迹，因为它常常会被其他更强烈的气味所混淆、重叠。我甚至一度还忘记了它。

当时我越过一道石墙，准确地落到一群鹧鸪中间，那群鹧鸪受到了惊吓。它们由一只亲鸟和那些似乎是小旋风的雏鸟组成，雏鸟们还不及我的拇指大。我突如其来地跳进去，顿时让那只亲鸟无比震惊，它立即轰隆隆地穿过灌木丛逃之夭夭，一般来说，因为自己的雏鸟受惊的母鹧鸪，很少会干出这样的事情。与此同时，雏鸟们匆忙地飞到空中。就像一阵狂风突如其来，骤然间刮起了十几片褐色的树叶，将那些叶片高高地吹旋起来，片刻后又将其放回到地面上。你前去拾起它们，它们当然是褐色树叶！这就像某个林地的梅林[①]（Merlin）挥舞魔杖所产生的效果。它们是鹧鸪雏鸟，同时也是褐色树叶，它们的动作是那样迅疾。

然而，我在这个早晨是幸运的，因为其中一只小鸟无法遁形消失，就在我的面前躲藏起来。我注意到它蠕动到一丛林地的下面，便把它拾了起来。起初，它假装保持静止，然后就在我的手中惊恐地扭动，一只楚楚可怜的小鸟，沉默、受惊，眼睛明亮，身上大部分都长满了绒毛，仅仅稀稀拉拉地长着几片羽毛，这么稀少的羽毛，究竟是怎么帮助它进行如此飞翔的，对我来说简直不可思议。它肯定让自己实验了精神科学，飞上天空，又重新降落下来。

我轻轻地握着它，噘起嘴，从双唇和牙齿之间急剧地吸进空气，

[①]亚瑟王传说中亚瑟王的顾问，魔术师和预言家。

结果发出了一种奇特的呼啸的啁啾声，我经常在类似的场合对不同的鸟儿使用这种声音，屡试不爽。紧接着，一种具体化的现身骤然而来——那只亲鸟突然从空气中出现了，朝着我一路舞蹈着，装腔作势地飞过来，直到它非常靠近我的时候，我才看见它的眼里闪烁着激动的怒火，翅膀半张开，羽毛在震颤。

这是一种古希腊的战舞，竟然由一种动物表演出来，也许就像可以设想的那样，它跟普通鹧鸪截然不同。不过，这种舞蹈仅仅持续了一会儿，突然间，那只亲鸟又发出一个难以形容的音符，那只羽毛初生的雏鸟随之做出一种回应性的跳跃，从我那放松的手中猛地溜走，在我的眼前展开翅膀飞走了，就像那只亲鸟一样，它也以同样的方式消失得无影无踪。真的，树林中有妖怪，因为在那个早晨，我看见那些妖怪发挥了行之有效的作用。那还是老梅林使出的幻觉和逃避手段。

在牧草地上继续下行，我闻到了正在接近的沼泽发出的那种麝香般的气味，而不是我在搜索的气味。沼泽的气味因为潮湿的腐殖质而感觉很凉爽，因为臭菘（skunk cabbage）的气息而像麝香，因为你从蕨类植物上获得的那种离奇的发散而显现出森林特征——蕨类植物，我们最古老的植物生命形态，在你经过之际，依然保留着原始森林那非常的气味，并将其奉献给你。这些植物很低级，就像龙涎香（ambergris）那样传送来更轻盈、更优美的气味，一种糟糕得可怕却又十分浓烈的气味，传送香料商人那种迷人的香味，正如它们没有依次给你线索——那种即是其基础的龙涎香的线索，因此沼泽的气味把这三者小小的线索给予你，但这种气味是它自己的愉悦。

在我必须以我所采取的直线穿越的小小角落那边，有一座矗立在开阔的牧草地上的小丘，在更远的一侧，边缘上装饰着白桤木和美洲悬铃木，它们矗立在齐踝深的湖水中。在这个小丘上，雏菊（daisy）发出微弱的、干草般的气味，这种气味在大多数菊科植物（composite）中很常见。在沼泽和小丘之间的牧草地边缘，圆叶狗舌草对我散发出同样的芳香。然而伫立在小丘顶上，当早晨的和风裹挟着雏菊的芳香扫过我的双膝时，我高昂着头嗅闻，终于捕捉到了我正在搜寻的那种难以捉摸、诱人的气味。它引导我走下小丘，前往湖畔，并呼唤我、催促我赶快前行。为什么不去呢？我的装束正是为此而来的，我已经被早晨浓重的露水打得浑身湿透。

那个小水湾只有90来米宽，我站在岸上，希望集中精力观察我必须前往的那个方向。慵懒的晨风吹过，到处亲吻着水，使得大部分湖面都很光滑，波澜不兴。我把手指打湿，又举起来，将它凉爽的一侧放下去，直到它形成水平，这样就恰好指向小水湾另一边一个相对的地点，那里就位于这个小水湾和下一个小水湾之间，矗立着一块低矮、倾斜、宽大而扁平的岩石，上面悬挂着绿叶的华盖，成为方便我登陆的码头，于是，我毅然跳进水中，入水时水花四溅，把一只体形硕大的池蛙（green frog）几乎吓了个半死，当时它正在一个约为0.3平方米、酸果蔓（cranberry）丛生的泥沼小岛上享受日光浴。只听见它发出一声低沉而恐惧的尖叫,抢在我之前潜入水中。

这奇异之物发出半吱吱叫半尖叫的小小的警报声。我听过一个女孩突然遇见一只毛茸茸的、肥胖的毛虫时发出的声音,跟这种声音几乎完全相同。兔子、狗和鸟儿也有这种声音,确实,那似乎是所有种族和发音清晰的动物共有的一句话。就像凤尾蕨气味,它始于事物的开始,经历了造物的所有变化而幸存下来。

麝鼠(muskrat)渡口令人愉快。跳舞的雾霭小精灵,当你把脑袋冒出水面朝它们游去时,它们就会踮起脚尖离开水面,悄悄溜走。仅仅在早晨,当你选择麝鼠渡口的时候,才会看见这些事物。假如你站在岸上看,或者坐在独木舟上看,它们都是无形的。

很可能正如某些牧草地的动物发出的声音,那些对于我们人类的耳朵过于尖颤或者过于柔和的声音,牧草地周围因此也有了其他事物,相比我们可以用足以精细或足以柔和的目光看见的雾霭小精灵,这些事物甚至都更为无形。

在穿越过程中三分之二的路上,一阵微风从岸上吹出来迎接我。那风中就夹杂着我所搜寻的那种气味,丰富而浓郁——那种引导了我如此之久的芳香,当我看着悬垂在我登陆的那个岩石之港上面的宽大叶片,它们的下侧和嫩苗覆盖着棉花般柔软的绒毛,我就大笑了起来,认为自己不该来了解我所搜寻的究竟是什么。因为它就在那里,就在眼前,确实,它为岩石形成了华盖。

在小水湾更远的一边,我久久地坐在那块岩石上,6月的太阳洒下来温暖着我，在我的头上，美洲葡萄的花朵芳香诱人、抚慰人心，用梦幻般的愉悦覆盖了我的感官。

穿过牧草地，香气从美洲葡萄的花朵上飘送而来，那试图要对它进行分类和界定的人，可能要对它进行分类和界定。我只知道，它让我梦想到潘神[①]（Pan）在世界的早晨吹奏的笛管，与此同时，古希腊神话中所有奇妙的动物都应和着节奏翩翩起舞，以柔和的低音歌唱，内心洋溢着年轻生命的骚动。

的确，牧草地几乎无法承受这样的丧失：香木蕨的香炉中飘出的虔诚的熏香，蜡杨梅的圣坛蜡烛的芳香，还有香杨梅微妙的香料。这些都是户外教堂神圣的熏香，在我们前来膜拜的时候，总是会发现它们，这些无疑都是好事，然而，那在难以察觉的片刻盗取愉悦的内心深处之芳香的人，那会为此而挑战一切的人，就让他在一年中那个罕见、短暂的时段来到牧草地吧，那时，美洲葡萄正散发出迷人的芳香。

---

①希腊神话中半人半羊的山林和畜牧之神。

第 3 章 探访蛙类音乐会

The Frog Rendezvous

夜间的娱乐表演，黄昏时游吟诗人的表演，即将在小水湾中开始，那蛙类就是游吟诗人的娱乐，一种全明星的表演，因为剧情的需要，它们当中的每个角色都能成为插科打诨的滑稽演员，或对话者，或独唱者。

牧草地一路向前延伸约 1.6 公里之后，便与湖泊交汇。它将嘴唇伸向湖泊，不过是为了到处去饮水。它在小水湾的最深处畅饮。你几乎不会知道牧草地在哪里结束，小水湾在哪里开始，二者如此轻柔地融合起来，有时真的难以辨别。牧草地的动物偷偷溜进小水湾，而湖泊中的动物则会登陆上岸，一路深入牧草地。你自己从牧草地这一侧徒步接近小水湾，直到把脚踝深深地插入水里，溅起水花，才知道自己来到了这里——牧草地的灌木丛立在齐膝深的凉水中，在你的面前如此彻底地遮蔽了湖泊，以至于你根本不曾意识到它的存在。

从湖泊这一侧而来，你可能认为自己在这道相同的灌木屏蔽中看见湖边，但是，它们的那边和后面是小水湾大片的水域。牧草地的灌木丛喜欢从岸上走下来，将它们的脚沉浸在温暖的湖水中，在那被遮蔽的、芳香四溢的空气中享受日光浴。

在这里，下午的太阳比别处更富于弹性。灌木丛涉水走出最远,在水中形成自己的一个个小岛。灌木丛的叶片具有光泽,发出炽热的、具有弹性的闪光,太阳就随着那些闪光而弹跳。其中,高灌蓝莓最为大胆,在最远处形成了最大的簇群而耸立。5月下旬,随着一阵离岸的风吹过来,这些灌木就把它们飘落的花冠撒满整个水面。在阵亡将士纪念日①(Memorial Day),我不止一次看见小水湾覆盖着那些飘落的花冠,一眼望过去,白茫茫一片,仿佛那些灌木丛正垂首而立,为悼念那些死于海上的动物而将花朵撒在波浪上面。

一年中更早的时候,榆树(elm)就把它们那浑圆的边缘长翅的种子撒落在小水湾,使得整个水面呈现出一派褐色,在蓝莓丛撒下的那些纪念性的花朵消失之后,枫树又会派遣千百万艘双帆的种子小船,在它们扯满两面风帆驶向大海之际,那个庞大的船队便染红了整个水面。如今,所有这些东西都逝去了,水面再度干净起来,一条小梭鱼(pickerel)在水下捕猎小银鱼,要不它就随着那从外面渐渐消失的波动,懒洋洋地轻叩着你的独木舟,那条鱼在水下打旋,水面随之泛起阵阵涟漪。

跟随着这些勇敢的蓝莓丛,不那么勇敢却依然热切的牧草地植物也涉入水中,形成自己更小的岛屿簇群。在这些植物当中,领先的是香杨梅,它优雅地提着深绿色的丝绸裙裾,它的灵魂散发出如此美妙的芳香,以至于它不怕恶灵,而漂亮的野玫瑰、欢乐

---

① 美国国殇日,为每年的5月30日。

的绣线菊（spiraea）、忧郁的甸杜以及丰满的桤木幼苗则紧随其后。如果你仔细观察这些植物，就会注意到它们在懒洋洋的微风中颤抖，仿佛害怕如此鲁莽的行为会给自己带来死亡。然而，它们就伫立在那里，微型的潮汐在它们粉红色的脚趾周围旋动，又消逝在它们后面的池潭中，莎草（sedge）和小小的沼泽植物生长得如此密集，充满了池潭，鱼儿从小水湾游过来的时候，便在它们的梗茎周围拱动，徒劳地尝试穿过它们游进去。

就在灌木丛边缘的外面，在枫树被映照在起伏的波动中的地方，小水湾水面上昆虫成群结队，来来往往，根据自己种族的特性而旋转、蹦跳。在这些昆虫当中，我用最大的欢乐，如同致敬般地欢呼的，当属幸运虫。你知道我指的是哪种虫子。这种虫子的个头儿接近一厘米长，几乎很宽大，呈椭圆形，是一种没有任何炮塔的鲸背甲板船的监视器。从它坚持在水上生活的顽固性来判断，它的外壳很坚硬，是浸礼教徒，却是那种悲哀地误入歧途的浸礼教徒，因为它与其同伴连续不断跳起华尔兹舞。它们在一种迷宫般混乱的急转中转个不停，如果它们在最后一刻都还没有倒转过来，那么那种急转就会让你头晕目眩。

所有捕鱼的男孩都知道，这些虫子坚硬的外壳中带有大量的运气，一只疯狂地跳着华尔兹舞而接近你的鱼线的虫子，是即将成功的预兆，实际上，如果它触及你的鱼线并依附在上面，那就预示着附近有一条大鱼。但如果你在扔出鱼线之前要以最明确的方式来取悦众神，那么你就该去捕捉一些幸运虫，越多越好，将

它们埋在岸上,将其头部朝着湖岸,并对它们念出如下咒语:

虫子,虫子,虫子,
我对我挖掘的虫子口吐唾沫;
虫子,虫子,让我实现心愿,
捕获一连串大鱼。

如此恰当地处理,从未听说过有谁失败,如果你失败了,那一定是因为你在埋葬那些虫子时,不慎将其中一只或多只弄颠倒了,没有将其头部朝着湖岸。

然而,要捕捉一只幸运虫并不那么容易。这种虫子堪称类型极为现代的监视器,因为它的引擎具有最高动力,蒸汽始终处于巅峰状态,能够集中一艘鱼雷艇所有的狂暴力量,以直线飞快地跑开。更有甚者,它还可以转换,我见过它在被敌人团团围困时迅速变成一艘潜水艇,径直下潜到水底,并待在那里躲避。总之,它可能拥有一个氧气筒,直到它准备就绪的时候才会浮上水面,而一旦浮出水面,它就显得精力旺盛、饱满、随时准备好开始另一场华尔兹舞。

它在水面的一个水手伙伴,更确切地说是跳跃者,是一种不同的虫子。这就是水黾(water-strider)——小水湾里真正的卡西乌[1](Cassius),它具有畸形生长、营养不良的蚊子那种瘦削、

---

[1] 罗马将军,谋杀凯撒的主要刺客。

饥饿的外貌。这个看起来就像海盗一样的小家伙并不跟同伴跳欢乐的华尔兹舞。相反，它展开那四条长长的腿，就像一个马耳他十字，只有每条腿的脚尖触及水，而四条腿触及水面时会微微下陷，形成微小的涟漪，却不会刺破水面，作为虫子，它在四个凹点上精力充沛地四处蹦跳，不时像真正的跳蚤一样跳跃。有时候，它会朝着空中跃起大约1.2厘米，顺着水面飞掠而过，就像男孩用石头打水漂那样，接着它再度平衡，放下身子，直到差一点儿就俯卧在水上，然后又将身子抬起来，直到它高高地伫立在那四根高跷上，但即便这样，它的脚趾也始终没有被打湿。

在下午3点左右进入小水湾，除了水生昆虫和那些在上面以飞艇形式跟它们竞赛的蜻蜓，你可能认为，如此令人酣睡的暑热使得这里的生命都在沉睡。然而，你必须把你的独木舟搁在莎草丛生的浅滩上，一动不动地静坐着等待。其实你也无须等待太久。毫无声息的停顿，仿佛万物都在等着看外面深处的这个怪兽接下来究竟要干什么，然后，就在你的手边，一个嗓音使人安心地发出这样的声音："塔——格——格——格！"那声音很近，使得你能把它明确地记录下来。没有字符能表达它的喉音发出的热情，那种热情就像落在你胸膛上的打击，要不然就是它那和谐的共鸣。拿起你的小提琴，将G弦下调到一种紧绷状态——那绷紧的琴弦如此之低，以至于几乎不会和谐、悦耳地震颤，然后你砰地弹拨它，所发出的声音就暗示着那种音调。但无须描述，你对它也很熟悉。

顷刻间，在湖岸线上和灌木丛构成的簇簇小岛中间的很多地方，到处都传来一片"塔——格——格"的回应性的合唱，那是在很短的时间之内大量蛙鸣的序曲前奏，接着是一派沉寂。然后，一只前辈老蛙利用演说的停顿，发出一种无比嘶哑而震动的吼叫："阿——赫尔——尔——胡——姆——姆姆！"它用那带着朗姆酒的重音叫出："阿——赫尔——尔——胡——姆——姆姆！"远在800米之外，你就能听见它的声音，一片"楚格——斯奎克——斯普拉施"的鸣叫声立即从一个小伙伴的口中响起，仿佛它无法在短时间内喝完那种酒，变得惊恐起来，从而毫不耽搁，且立即判定水底两块石头之间一个隐蔽的角落很适合它栖身。然后，小水湾再度沉睡了，寂静得几乎听得见沉寂发出的鼾声。

　　如果你四处寻找，就会渐渐看见它们的身影，其中一些就在你的船桨可及的范围之内。当独木舟接近它们，我从不知道它们是否会溜走，在一切都静止之后突然无声地出现；我也不知道它们是否一直都待在那里，仅仅是天生就隐藏得那么好，以至于人类的眼睛起初并没有注意到它们。但是，我不知道你是否要等一阵才能看见它们。它们褐色的背部沉浸在水面之下，而它们那绿褐色的脑袋则完全露出水面，因此其鼻孔能够获得空气，它们待在那里一动不动，等待很多个时辰，等待时间和潮汐带来午餐。即便只能看见它们的头顶，它们也会让你大笑，因为在它们扁平的头顶上，那双鼓起的眼睛凸出得如此之高，以至于让你想起那些小闪光灯，即恰当地安置在汽车引擎罩上的小灯。

　　我注意到一只不幸失事的六月鳃金龟（June beetle），在一根草穗前面被淹得半死，我立即把它拾起来，抛掷到距离一只青蛙大约15厘米的范围之内，紧接着就传来了一阵水花声和大口的吞咽声，而那只金龟则伸出脚趾上长满刺的腿，在青蛙的嘴里疯狂地抓扒、挣扎，但那只青蛙还没发出嘎吱的咀嚼声，金龟便一命呜呼了。在那只青蛙移动了一两次之后，仿佛良心不安，但似乎并没有遭受内心的痛苦，这段时间，它确实朝着我眨动它的眼睛圆形的黄色内层，仿佛十分享受。在我看来，这样的眨眼具有哑嘴的所有效果。

这个下午在做梦，从朦胧的暑热顶点到黄昏柔和的平面，它一直都在做梦。在小水湾西边的松树下面，稳定的阳光悄悄地射进来，似乎要爱抚那些绿色的树干，而上面的树冠则响起一曲小小的、满足的叹息之歌。奇怪的是，你以前不曾听过这样的歌，因为整个下午，风都在那里吹拂。但是，接近夜幕降临时，小水湾才醒过来，你听见很多小精灵发出口齿不清的声音——在大约下午3点的那段暑热中，你从不曾注意到那些声音。如今，你听见莎草在起伏波动中交谈。你此前并没有听见它们的声音，然而那些波动整天都在莎草中间梦幻般地滑行。牧草地的鸟儿正在唤醒它们晚祷的序曲前奏，越过小水湾向西沉落的太阳，正在颂扬整个颤抖的绿叶华盖，它穿过那些绿叶照耀下来，沿着小水湾那边，一直用明亮、透明的特性来表演魔术。

在现实清晰的定义和夜幕神秘的烟霭之间，你处于那条边境线上。向西，在光亮中侧首，万物都被温和而清晰地界定；向东，透过叶片那微微闪烁的幻觉而注视太阳这朵金色的玫瑰，《一十零一夜》中的王子看见的那条小径向前伸展，通往陆地。

夜间的娱乐表演，黄昏时游吟诗人的表演，即将在小水湾中开始，那蛙类就是游吟诗人的娱乐，一种全明星的表演，因为剧情的需要，它们当中的每个角色都能成为插科打诨的滑稽演员，或对话者，或独唱者。

听众早已开始聚集。一只灰松鼠（gray squirrel）率先从枫树干上抓扒着爬下来，它那强劲、有爪的后脚插进树皮，支持它前往想去的地方，仿佛它是一个倒转过来的巡道员。突然，它看见了独木舟和划船者，便大发脾气。对于船上那个侵占了前排座位的动物，其他一切都表达不出那只灰松鼠突然滔滔不绝的责骂和谴责。它迸发出的那些声音，如同水流一般，从铁道侧轨上等待装货的火车头的巨大引擎上射出来，而它就像那引擎一样，带着强度和沸腾的水蒸气从头到脚地颤抖。突然，就在它的头上，响起了一声"夸克"，一只夜鹭（night heron）刚刚飞落下来，从它那患有黏膜炎的喉咙中射出这个唯一的词语，这就惊得那只灰松鼠一跃而起，射入空中约90厘米，随后落到另一棵枫树上，闪电般地蹿上一棵桦树，一路碰撞着，穿过桦树顶端匆匆离开，进入树林，在那里，你隐隐约约地听见它还在喋喋不休地唠叨。而那只夜鹭拍动强劲的翅膀盘旋起来，发出更多"夸克"的报警声，仿佛要扬帆远航。但在音乐会上，这两种动物并不是特别受欢迎——在外表、嗓音和举止等方面，夜鹭是一种不讨人喜欢的鸟儿。此时，跳跃者水黾和幸运虫一起涌进来，这两种昆虫为数众多，它们接近芦苇丛生的边缘，尽可能靠近那些表演者，看看吧，那些优雅的生物——湖泊中最可爱的无拘无束的游泳者，它们小小的船队从水面上驶过来，进入这里。在亲切的赞美中，点着金色的脑袋，它们来了，身躯纤细而优雅，身后的水中拖曳着薄膜似的花边长袍。

那些因其写下的文字而深受人们敬重的植物学家，把小水湾中这些可爱的居民命名为狸藻（bladderwort），如果你想要拉丁文表现形式，它们应该被称为"Utricularia"，因为它们漂浮在膨胀着空气的叶片上，下面拖曳着根须，在水中无拘无束地游荡，根本不屑于泥土那具有污染的触及。中午，风从岸上吹来，将这些狸藻远远地吹到小水湾口那边，而现在，傍晚的微风又将它们吹回来，参加这场盛大的音乐会。

它们本来应该被命名为古希腊神话中某个优雅的女士，或者被命名为越过尤利西斯[①]（Ulysses）的航迹的某个水手美丽的爱人，在宁静的海洋上流连不去，等待他在这一天归来，因为整个夏天，你都会看见它们在小水湾小小的波浪上，向前点着那金色的脑袋。

这些生物才是音乐会上的贵族。此时，已经有乐器在演奏伟大的调音，另有一些嗓子在试音，却由于某种原因而被耽搁了。紧接着，女王驾到了。湖泊东岸，闪闪的金光渐渐隐退，从西岸的下层丛林中，黄昏翩翩升起来。时间到了，女王从桦树间优雅地飞出来，那可是仙女中真正的女王，浑身覆盖着驼羽和最柔软的

---

① 即希腊神话中的奥德修斯，曾参加围攻特洛伊战争，后施木马计攻破特洛伊城。

白色天鹅绒,身披最美丽、最柔软而精致的绿色的拖曳而波动起伏的夜礼服斗篷,上面装饰着黄色和白色。如果你愿意,可以称它为月形天蚕蛾(luna moth)。那模样有些像它的东西,可能被别针钉在你的收藏品中,那可能就是它,但这种优雅、翱翔的动物,因为生命而脉动、颤栗,穿过芳香四溢的黄昏而飘浮,是仙女中的女王——毫不逊色。

它的到来无疑是这场大杂耍开始的信号。然后在小水湾中,你就听到了形形色色、为数众多、令人震惊的蛙类表演者亮起歌喉。最低音歌手带着令人惊诧的兴致唱出"阿赫——尔——胡——姆——姆姆"。无疑,那只担当侍者的青蛙克服了惊骇,鼓足喉咙纵声歌唱,"塔——格——格"在四面八方回响,就像一支鼓乐队发出的嘎嘎声。两个中音歌手的嗓音,听起来如同在尖桩篱栅上快乐地锉磨棍棒;其他中音歌手的旋律曲调,则具有一种外向表达的内心痛苦,渐渐衰落。一只踽踽独行而迟到的雨蛙(hyla)唱起哀伤的女高音。但在这些声音中,男高音歌手无疑是最强的:树蟾蜍(tree toad)吹奏出一种飘逸的流质颤音,而蟾蜍——大蟾蜍(common toad),则栖息在杂草丛生的边缘,鼓起喉咙,发出持久的梦幻般的抑扬顿挫的节奏,"哇哈——哈——哈——"地唱起来。

如果你愿意,也可以勉强地模仿这种声音:噘起你的嘴,懒洋洋地拖长调子,念出法语中的"Eu"一两次,然后在下一次,你同时用口哨将其吹出来。这样,你就能较好地模仿这种梦幻般的音符。这种音符诱人入睡,而现在也确实是该划船回家的时候了,因为黄昏已经深化成越来越浓稠的黑暗,小水湾中的景物渐渐模糊。

第 4 章　荒野寻蝶记

A Butterfly Chase

我的鼻子距离那只白蛱蝶的鼻子还不到 15 厘米，我惊讶地瞪大了眼睛，就像它的眼睛自然凸起，看看吧，它拥有蝴蝶以前从不曾有过的东西——它的喙吻尖上，有一条小小的红舌，在树皮最为粗糙之处紧张不安地舔食。

一只体形硕大的紫色蝴蝶在前面飞翔，引着我越过山丘的陡坡，那是一种白蛱蝶（white admiral），然而这种蝴蝶只在靠近翅尖的地方有四个微小的白色斑点，所以这样称呼它也够古怪的了。在它这个种类中，某些成员的确有资格获得这一名号，因为宽大的白色条纹横跨在它们所有的四片翅膀上，但是这一种——红斑蛱蝶，无疑是一个另类。

尽管这是一种美丽的生物，在任何情况下都值得去追踪，去记录它在飘逸的飞行中展现的悠闲和稳健，赞美它天鹅绒一般的红褐色——那种红色在后面那对翅膀的圆形细褶皱上变浅，呈现出闪着光泽的蓝色之美，可是我认为，这只蝴蝶值得追踪还另有原因，那就是它脑子里似乎总是惦念着什么，因为它的飞行并不那么直接。一只遥感某种事情的鸟儿，往往会以直线飞过去，但一只蝴蝶必须向前翩翩舞蹈，即便是去参加家族的葬礼，它也必须以这样的方式飞翔。然而随着这一切,我追踪那只蓝色和红褐色的白蛱蝶,在它那翩翩的舞蹈中具有某种东西,那种东西告诉我它有了麻烦,让我好奇,因此我就跟随它一路前行,越过山丘的陡坡。

这座山丘本身并不值得去注意。在这里,冰川在数千年前就刨掉了新英格兰东部那些更为崎岖不平的表面,将它们的碎片扔到一块由沙子和沙砾构成的巨大的终碛①(terminal moraine)上,这块终碛的北部斜坡如此陡峭,以至于你可以从它的边缘把一块石头扔下去,扔到下面二三十米的水平面上,落到生长在那里的一棵松树顶端。我熟悉新英格兰地区的很多终碛,但我一下子还想不起其他哪块终碛的斜坡会如此高、如此陡峭。在它的顶端往后几十米,有轨电车不间断地发出叮当声驶过,那司机以疯狂的速度行驶,车子呜呜地撕裂空气而穿行。

尽管如此,小村落的祖先们沿着坡顶安宁地长眠着。我喜欢感受他们既没有注意也没有留心的那条公路上传来的喧嚣,感受他们不时竖起一只满足的耳朵,聆听载满干草的大车驶过的隆隆声,或者聆听农夫的马漫步轻跑,除了那种匆忙而混乱的现代重击声经过他们,直到被感觉到。他们宁可把面庞转向夏天的风在百年松林中发出的飒飒声——那些松树遮蔽着陡坡;他们宁可继续睡眠,从那铺展的枝条上降临下来的祝福中感到幸福。这些奇妙的松树,如此遮蔽整个斜坡,以至于一个世纪才最多有一缕阳光的斑纹触

---

① 位于冰川末端的冰碛。

及树下的地面。

在这里，獐耳细辛（hepatica）找到了凉爽、干燥的隐居之所，它热爱这样的地方，当冬天的冰还依偎在它旁边的松树根须间，它就会抬起那蓝色的眼睛来注视你。在这里，当7月的太阳从大树中蒸馏出松香，蔓虎刺（partridge berry）铺就的地毯就用小圆叶浓郁的绿色催生出斑点，那些叶片很小，比你的爱人小指上的粉红色指甲还要小，叶片呈现绿色，上面点缀着去年浆果的那种深红色及其微小的星星般的孪生花朵的白色。在这里，鹿蹄草（pyrola）在7月也扬起它那缀满铃铛的穗儿，犹如林地铃兰（lily-of-the-valley），酶笠草（pipsissewa）朝着那些探寻的蜜蜂展现它那蜡一般的花朵。

蝴蝶，尤其是大型蝴蝶，很少为这些低矮的药草而费心，尽管每种药草都会散发出各自不同的愉快的芳香，尽管蝴蝶的嗅觉十分灵敏，但它们不为所动。因此我追踪的那只黑色的白蛱蝶上下交替着舞蹈，穿过散发出浓郁香气的林地区域，继续朝着下面高飞，我热切地跟在后面，一路朝着铺满松针地毯的山坡下面走去，从树干到树干停顿片刻，以免让过于轻率的追逐将自己投入完全的遗忘之境——我知道，那个遗忘之境就在山丘脚下。

树林外面，7月那极度炽热的艳阳高照，阳光覆盖在风景上，直到它所冲击的尘埃在蓝色的烟霾中升起来，那种烟霾将附近的山丘隐隐呈现为朦胧的山顶，用热带的幻觉来迷惑整个世界。对于我们形状呈锐角的轮廓清晰的新英格兰，这是仲夏，是带来浪漫氛围的仲夏。《一千零一夜》中的酣睡笼罩在风景上，而穿过这样的暑热，穿过这样朦胧的逃避，巴格达的哈里发①（Caliph）习惯于隐姓埋名，并出发去迎接奇异的冒险。

山丘脚下，几乎就在隔开这个松树下的世界和另一个大相径庭的世界的边界，那弥漫着松香的空气就像被封闭在瓶子中的妖怪。如果你像那个渔夫一样拔掉瓶塞，如果那个妖怪高高地隐隐出现在那会用有力的声音对你说话的浓云之中，那么你就会感到它的抑制和惊奇的压抑。在这里，我所追寻的那只蝴蝶第一次停下来，落到一棵松树的树干上，高昂着头。

我蹑手蹑脚，悄悄接近它。它的翅膀富于节奏地起伏，那种动作毫无意识，随着那似乎是热情的东西而震颤。我注意到，它的一片翅膀上有一个小小的三角形，被清晰地剪断了。不久之前，某只以昆虫为食的鸟儿才抓攫了它，就差那么一点儿它就丧命了。然而这次受伤并没有让它烦恼，它很可能还不知道自己受了伤。此时，让它全神贯注的是别的东西，因此它丝毫没有注意到我的临近。现在，我能清晰地看见它的喙吻展开，显然在迅速地进食。如今，任何蝴蝶的喙吻都只是双筒管子，蝴蝶通过这样的管子来吮吸花蜜，或者吮吸其他潮湿的营养物。就此而言，一只红斑蛱蝶或者任何其他蝴蝶，都应该能够从松树那干燥、粗糙的树皮上吮吸营养物，这一充分的理由让人震惊，也使得我热切地靠得更近，一心想去

---

①历史上伊斯兰教执掌政教大权的领袖的称号。

看看它究竟获得了什么食物。

这是一个湿润的日子,而我本人却口渴难当。这里究竟有什么林地酿造的饮料可以随时取用呢?在爱尔兰,鞋精灵(leprechaun)——那些树篱中的小人,曾经真的能够酿制上好的石南啤酒,除非你能抓住并控制住这样一个小人,他就会把制作方法告诉你。这里可能有一次类似的机会。现在,我的鼻子距离那只白蛱蝶的鼻子还不到15厘米,我惊讶地瞪大了眼睛,就像它的眼睛自然地凸起,看看吧,它拥有蝴蝶以前从不曾有过的东西——它的喙吻尖上,有一条小小的红舌,它尽可能努力地伸出这条小小的舌头,在树皮最为粗糙之处紧张不安地舔食。

要是我的脚不曾滑倒在光滑的松针上,我就可能看到更多的东西,了解更多的真相,而当我在滑倒时抓住松树干扶住自己之际,那只蝴蝶已然翩翩离去,我敢说,它认为我是一只发育得反常的绿霸鹟(wood pewee),而且刚刚错过了把它当作午餐的时机。显然,南风从海湾吹来了一种甚于《一千零一夜》中的氛围,也送来了一些动物种群。一只喙吻尖上长着舌头的蝴蝶,就属于巨鸟罗克[①](roc)用力抓起大象并飞走的那片土地!

我热切而努力地追踪那只红斑蛱蝶,想获知更多的真相,但这并不那么容易。要无忧无虑地迈步跟随它的飞行,可能有充分的理由抵达一个确实不曾被发现的国度,因为从那块终碛北部斜

---

① 阿拉伯传说中的大怪鸟。

坡的底部，源头的泉水喷涌而出，而那只蝴蝶轻轻松松就越过那些泉水飘了过去，飞向底部为泥炭藓的牧草地沼泽那边。

从地质学的层面来讲，我猜想这样的情况很稳定：一条充满纯净之水的河流从遥远的北方的某个地点，也许是从拉布拉多[①]（Labrador）一路南下，流到马萨诸塞东部下面。只要你打一口管井，几乎到处都能找到这种水。在一些地方，这样的水从底层深处升腾而出，在清澈的湖泊中冲向水面，而这些湖泊没有明显的入口，因此很少有水从中流走，但它们一年四季都很清澈，而且保持在高水位上闪烁。蓝山自然保护区[②]（Blue Hill Reservation）的休顿湖（Houghton's Pond），就是这样一个距离波士顿最近的湖泊，而瓦尔登湖（Walden Pond）则是另外一个这样的湖泊，此外还有更多其他湖泊。

在其他一些地方，泉水依然穿过未知深度的流沙，不断从地下汩汩地冒出来，形成清澈的小溪，穿过周围的沼泽而流淌。在那些沼泽中，树木构成了坚固的地面，间或有零星颤抖的泥沼和开阔的水洼交替出现——在这样的地方，只要你一步不慎，就会一头栽倒在黏性的泥淖之中，而你一旦陷入其中，就很难脱身。

泉水的源头就是这样，在一个灼热的日子，即使你闭着眼睛，也会知道你正朝着它走过去，因为冰冷的水形成了此地的氛围。我

[①]加拿大纽芬兰的陆地部分，位于拉布拉多半岛的东北部。
[②]位于马萨诸塞州诺福克县的州立公园。

们读到过,自从上一个冰期就持续的冰体被掩埋在这些终碛下面,如此凉爽的泉水就是从那下面喷涌而出的,我不了解冰,但我能证明具有寒意、闪烁的水及其散布在我们这些如同阿拉伯一样酷热的日子上面的惬意的氛围。

然而在前行的时候,你必须给自己留下标记。就在山坡下面,水穿过那在上涌的水流中起舞的细沙而汩汩冒出。在下面更深的一两米之处,水更为寂静地涌出,在流沙之上,那些腐烂了好几个世纪的植被构成了泥淖之岸。在这里,你要陷到齐膝之深才可能踩到底部。再向前走几步,你就可能踢到一根大约六米的木杆,用脚驱动它穿过泥沙,发现它畅通无阻。

然而,造物主始终都会提供补救的办法。苔藓和沼泽的草丛生长在这种流质的泥淖表面,桤木和红花槭(swamp maple)在这样的地方深深地扎下了根,激励着野玫瑰、接骨木(Elder)和很多其他灌木长出来,直到它们的根须相互牢牢地纠缠在一起,最终形成了一种相对稳固的表面,如此一来,地面对于脚步的踩踏多少就有了些安全性。这个世界处于这片隐蔽的牧草地角落,因为在这里,鳟鱼(trout)和水田芥(watercress)流连不去,很多其他畏缩不前的林地之物,被四面八方包围而来的文明的侵蚀逼到了角落。

到了7月初,你会发现水田芥在开阔的水洼中开花,四周被颤抖的泥沼和桤木的阴影团团围住。我追踪的那只蝴蝶朝着这一方飞去,我紧追不舍,在令人惬意的凉意中,从一块泥沼小心翼翼地平衡到另一块泥沼上面,每一步都要先测试立足之处,生怕它把我扔到那下面的黏泥深处——可能只有起重机才能把我从那里面拉出来。阿瑞托萨兰花(arethusa),最秀丽的兰花,在那震颤的泥炭藓上对我点着它那粉红色的头颅,优雅地转向我,但我在此仅仅停留了片刻。

就在我的双脚之间的水中,有一只星点水龟刚刚捕获了一小口食物,那点儿食物刺激食欲,却绝不可口。那是一只类似龟鳖的虫子,够那只水龟吃上一口。实际上,我已经看不见那只虫子的身体了,但是它的爪子般的腿从龟嘴的两边突了出来,当龟嘴合上的时候,那猎物的肢腿就形成了等腰三角形,对着正在消失的水下世界疯狂地挥舞、道别。那只水龟长时间地咀嚼它的龟鳖类猎物,但这是它欢乐的时光,它的整个身体满足地闪烁着微光,它将挥舞的前腿爱抚地伸出来,那是如同吃奶的孩子做出的动作。然后,如同聪明的乌龟可能摇摆的那样,它把脑袋庄严地从一边摇摆到另一边,感到如此美好的午餐是命运只为这个水世界的知情者而提供的。它推动身体前行,走在前往一蓬草根的途中,它要去那下面打盹儿。很快,它下面那一半的圆形外壳就不动了,它把后腿收回到了外壳之中,只有它那小小的钉状尾巴还突出在外面,朝着一条路过的鳟鱼摆动,仿佛在传递太平盛世即将到来的消息,这只水龟和那龟鳖类虫子一起安静而幸福地躺了下来,只不过那只龟鳖类虫子已然成为水龟的腹中之餐。

我抬起头来寻找那只蝴蝶。此时,我到处都看不见它的身影了。

然而，我的这次旅程很值得，因为就在我的前面，有一片四周被震颤的泥沼团团围住的开阔的水洼，其方圆约为六米，几乎被水田芥花朵的白色圆锥花序的脑袋所挤满，无数蜜蜂聚集在那些花朵里面，发出低沉的嗡嗡声，就像7月灼热的日子里蜂箱的前门，却并不像那样单调。这更像是一场要唱出很多个部分的宏大的合唱，因为这些蜜蜂都来自原始的野林，多达十几种。在它们中间，并没有一只柔弱的蜂箱。

从那个挤满白色圆锥花序的水洼和群集的蜜蜂中，我抬起赞美的目光，看见那边更远处的美景。在更为坚固的地面上，在一棵老栗树的树干上，可爱地依偎着玉凤花（habenaria）——紫玉凤花那硕大而辉煌的穗儿。在泥潭的草甸上，玉凤花并不罕见，但在这个季节第一次看见它，人们无不洋溢着极度的愉悦，于是我赶紧走过去，靠近它致以问候。而正当我抵达那棵玉凤花的时候，那只蝴蝶突然翩翩飞来，却并不是去吮吸那奇妙的巨大兰花的蜜酒，相反，它径直落到我的鼻子下面，落到古老的栅栏柱最粗糙的那部分上面，就像它在松树树干上的情形那样，开始舔食营养物。

我重新观察它，下意识地听到一只大冠蝇霸鹟的声音，那只鸟儿在附近一棵树上鸣叫："悲痛、悲痛。"片刻间，我以前注意到的那只蝴蝶小小的红色舌头似乎就伸了出来，牢牢地抓住古老的栅栏柱最粗糙的部分，随着它突然一刮，那只蛱蝶就将其刮掉了。我吃惊地看着，因为现在我看清了那究竟是什么：从某朵花那充满花蜜的心中，一条红色小虫粘附在那只蝴蝶的喙吻尖上，原来，它对粗糙表面所以如此这般地舔食，都不过是清除小虫而已。

我追寻的那只黑色的白蛱蝶翩翩起舞，飞进灿烂的阳光中。而就在此时，突然响起了一阵翅膀发出的嗖嗖声，还响起了一阵鸟喙发出的那种剪刀声，一切都结束了——那只大冠蝇霸鹟的鸣叫确实成了预言，那只白蛱蝶快乐地翩翩消失了，丧命于鸟喙。

但是，赤道的烟霾贮存着更多的热带魅力，因为这个正午依然被一个预兆不祥的轮廓突然抹去。有人拔掉了那只瓶子的塞子——瓶子里面囚禁着暑热这个妖怪，它从下面的一片黑色灵气中升了起来，在天顶上隐隐呈现为一堆白色的积云。它的眼睛里闪现着红色的闪电，它用雷霆的嗓音大声讲话。在更远那一边的某个地方，我听见了那只大冠蝇霸鹟再度鸣叫着"悲痛、悲痛"。接下来，我可能要转身了，我轻轻拍了拍那朵巨大的玉凤兰，向它道别，然后踮起脚尖穿过泥炭藓，再度爬上山丘。这是一场短暂然而令人惬意的旅行：一只被发现长有舌头的蝴蝶，还有一只带着幸福的笑容吃掉龟鳖类虫子的水龟，可能属于《一千零一夜》的那种妖怪，要不然就是《爱丽丝漫游奇境》中的景象，或者同时属于这两者。我知道我在源头，在那丛古老的松树下面，在那个小村的祖先长眠的终碛陡坡下发现了它们。

第 5 章　沿溪垂钓记

Down Stream

一年中的这个时候，在沙洲上端的浅水中，雌性太阳鱼在沙子里筑巢。筑巢时，它把那里的沙子舀出来，小心翼翼地搬走所有的鹅卵石和枯枝，形成一个圆形的下凹处。它在这里产卵，并日日夜夜守护着自己尚未出生的宝宝。

如果你了解垂钓,不是指南上所介绍的那种垂钓,而是真正的垂钓,在你为了获得那种主要是在想象中咬钩的奇特之鱼而"鞭笞"水流之处,7月下旬的一天就会来临,此时,你需沿着小溪顺流而下,寻找合适的垂钓处。好几个星期以来,那逐渐窒息你,还成批地窒息其他人的极度暑热和潮湿,会在一场凉爽、干燥的西北风吹来之前突然消失不见,对于新英格兰人,这是一个令人兴奋的提示——毕竟有了这样一种如同冬季的天气,真要感谢老天!

你知道,干旱中逐渐减少的水依然从堤坝下面嘶嘶地冒出来,潺潺地流进路边下面的池潭,那里,太阳鱼(sunfish)就群集在水草下。较远处,它们在水岸下沿着草甸唠叨着,一路流下去,岸边,绒毛绣线菊(hardhack)呈现出粉红色,一身整洁地伫立着。绣线菊如此喜爱溪流,以至于它朝水流而俯身,微微地爱抚着水。每一阵风吹来,在水面泛起涟漪而经过之际,草地早熟禾(meadow grass）就完全放弃了抵抗，与水低语着，还俯下身子，私密地亲吻着水。下面更远处，在林地的枫树集合起来迎接水之处，在柳树端坐着把粉红色的脚趾沉浸在水流中之处，矗立着那块大岩石，水流在岩石下挖掘出了一个充满沙子的洞穴，肥大的金鲈（yellow perch）就逗留在那个洞穴里面，随时准备好冲出来，攫取那些顺流漂来的虫子。在这里，你会有些犹豫，但最终会经过它而继续前行，因为在下面更远处还有一个深潭，那里面充满了你根本无法抗拒的诱惑。

　　因为你很聪明，能想起童年时期的垂钓智慧，于是你就把昂贵的鱼竿和线轴统统留在了家里，徒手而来，就地取材。就在远离沼泽边缘的地方，生长着桦树林，那里的桦树幼苗就像古巴羊齿蕨细长的茎一样生长、耸立。于是你就在那里找到了自己的鱼竿，那粗的一端大如你的拇指，尖端细直，干净而坚韧，到末端约有4.5米长。将它砍下来，修去上面细小的枝桠，在末端系上3米长的结实的鱼线，鱼线末端再系上钩子，那钩子的曲线大得就像你的小指指甲的曲线，把一个适合塞上容量近一升的瓶子的木塞系在鱼线上，如果你用小折刀将木塞划出深深的切口，并将鱼线卡入切口中，那就非常合适。无论你把它放在哪里，它都很牢固，而你可以随意上下滑动它。在池潭垂钓的时候，你应该将它安置在距离你的鱼钩约0.9米处，因为你希望它"沉"到那么深的地方。在鱼线上，把一点点铅缠绕在鱼钩上大约2.5厘米处，然后拿出饵料盒，选择一条肥硕的蚯蚓，将其平均分成两半，串在鱼钩上，把鱼钩挂在它的鼻尖里面。现在，你就为那潜伏在水面沸腾的泡沫下的东西出来冒险而做好了准备。

在通往那个深潭的入口上面，一棵柳树和一棵枫树相互依恋，紧紧地拥抱在一起。上面，它们的手臂伸向对方，相互交织；下面，它们的根须在水下相遇，顺着溪流而不断摇曳，形成了滑溜的陡坡，陡坡下面，那琥珀般发黄的水对自己唱起一曲小小的幸福之歌，滑进池潭那琥珀般的黑色深处。赤杨（black alder）伫立着，遍布深潭边缘，把脚趾沉浸在水里，让自己凉爽。将它们挤到水中的，是那些巨大的栎树和枫树，那些树木的枝条在池潭上面想念、渴望，直到它们把太阳遮蔽在外面。沿着深潭的一边，水流深深地切割粗糙的岩石，黝黑的水迅疾地流动；而在另一边，回流的水则慵懒地环绕，底部变浅，成为一道沙岸，太阳鱼在那里构筑巢穴，淡水蛤在那里挖洞，迎着那裹挟着食物而来的水流抬起谦卑的嘴巴。靠近湖岸，它会朝着沙洲抬起嘴巴，你可以站在沙洲上，随心所欲地摆动鱼竿，而鱼线绝不会缠到周边的树木上。

当小溪滑进池潭那催眠的深处，它整天都对自己唱歌，让自己沉沉入睡。整天，那生动、鲜明的绿蜻蜓都拍着生动的黑色翅膀飞过，给你的垂钓带来运气，在池潭上面的树上，红眼莺雀奏响它那催眠的音符。整天，如果你把鱼饵挂在鱼钩上扔进水里，就会捕到鱼。首先，你会让太阳鱼变得稀少，因为在所有的鱼类猎物中，它们最为机警，也最有胆量。谈谈鳟鱼吧！你应该尝试使用游丝般的钓具和非常纤细的鱼竿，把一条将近0.5公斤重的太阳鱼拉上岸来。太阳鱼就是鱼类学者们所说的那种 Lepomis gibbosus，和岩鲈（rock bass）是近亲，正是水中的鱼类猎物。在一些地方，因为它的外形，人们对它不太尊敬，竟把它称为"南瓜籽"——其实，它的外形就是从边上竖起的南瓜籽。在这里的马萨诸塞东部，它仅仅被人明明白白地赋予了"基弗尔"这一名称，即旧时受过教育的新英格兰人对"盖子"一词的发音，而这样的称呼，无疑是因为它的形状既圆又扁。它就像街头的流浪儿一样，脸上长满雀斑而又十分活跃。在你把鱼饵扔到它附近的那一瞬，它立即就跟你的鱼饵发生了联系，那鱼漂上下摆动，通过上下移动的自信的活力来显示自己的存在。

实际上，如果你熟悉了下游乡野的情况，就会熟悉每一种鱼——早在你把它从那琥珀色的深处拉到水面之前，它就会咬住你的鱼饵，只是在途中会震动那漂浮的鱼漂。"基弗尔"的方式就是这样。有一次单一、活泼、有秩序的震动，然后又是一次震动，接着是第三次，连续不断地迅速发生，在这样的行动中，它将鱼漂拖下去一部分。在这三次连续的震动中，在下面的鱼线因为鱼的拉扯而绷紧之际，如果你在恰当的时候猛拉鱼线来钩住那条咬饵的鱼，你就会捕获它。否则，你的鱼漂会随着一声富于幽默感的鼻息声从水中抬起来，你会听见那从柳树根的斜道上一级级跌落下来的溪流之歌——那歌声中发出嘲笑的颤音。在这三次震动中，不要尝试把它拉起来，这样会更保险，要等到鱼漂开始钻入水中，越过溪流而滑开，显露出那条太阳鱼判定这是一条虫子，一条好虫子，一条它真的想吃的虫子的时候，你才可以把它拉起来。

一年中的这个时候，在沙洲上端的浅水中，雌性太阳鱼在沙子里筑巢。筑巢时，它把那里的沙子舀出来，小心翼翼地搬走所有的鹅卵石和枯枝，形成一个圆形的下凹处。它在这里产卵，并日日夜夜守护着自己尚未出生的宝宝。如果任何其他鱼类出现在这里，即便是同类出现，它也会展现出可嘉的勇气将其逐走，那样子就像老母鸡拼死护卫自己的幼雏一般。因此，当你捉住了在池潭中独立行动的太阳鱼，即那些没有家庭观念的太阳鱼之后，就不要把诱饵扔在雌性太阳鱼的巢穴附近，因为要是你把诱饵扔下去，它就会迅速游过来将其咬住，如此一来，溪流就会失去它的身影，也会失去那些尚未出生的宝宝，这就会成为遗憾。它在一个浅水地点筑巢，那里有明亮的阳光在闪耀，当光芒在它那可爱的身侧极快地闪烁时，你可以看到它身侧的每一条斑纹。它在那里漂浮之际，每一片鳍都在颤抖，从一边慢慢转到另一边，它那明亮的眼睛转来转去，搜寻可能给它的后代带来威胁的敌人。它的整个身子就是一艘鱼雷艇，充满了母爱和被压抑的活力，因此我们不要去管它，因为它的存在会使整个池潭很亲切、殷勤好客。

金鲈将成为下一种前来咬钩的鱼，它那茶黄色的身侧具有显著的深绿色条纹标记，然而它的背部却呈现出更深的绿色，它的鳍则是一种浓郁的红色。金鲈是池潭的贵族，在鱼类调查清册中，它的家族是最古老的家族之一。在水中，它所处的位置比太阳鱼要深，咬钩的方式也有所不同，从一次轻轻咬动到连续不断、十分强劲的拉扯——往往以鱼漂被拉到水下,完全看不见而告终。然而,当它咬住诱饵的时候,你不要把那鱼漂的任何运动都误认为是太阳鱼在咬钩。金鲈拥有一种更优美、更具绅士派头的格调。它确信而强壮,但缺乏太阳鱼那种大摇大摆的活力。它咬钩的方式颇具贵族气质,你无须清楚地知道原因,就会辨认出来——那就是它的贵族身份的证据。从它外形的优雅,从它的服饰的质朴之美,你也会承认这一点。它在阳光中隐隐约约地闪烁,它那黄色和绿色的斑纹生动得就像太阳鱼身上的斑纹,却布置得品位十足,在其他鱼类平庸之处,它却显得很潇洒、高贵。

现在你要再沉下去一点儿,因为到你捕捉鲶鱼(hornpout)的时候了。鲶鱼也就是"牛头鱼",我恐怕要大不敬地称之为"牧师鱼",这是因为它那身黑色的服装呈现出严肃性,而那种严肃性则仅仅因为它身着一件白色的背心才稍有缓解。但是鲶鱼是最佳的名字,因为它的角从两侧的鳃部径直地猛然突出来,就像舞台上的法国人用蜡粘上的胡髭。鲶鱼的角锋利如针,如同匕首一样牢牢地插在穴孔里面。如果你把一条鲶鱼拖出水面而因此冒犯了它的尊严,那么它就会来回地摆动这些匕首般的骨鳍,同时还不断发出奇特的抱怨声,仿佛是在说:"等一等,等一等!这一切究竟是为了什么?谁敢打扰我舒适的生活?"然后,当你伸出手去,把它从鱼钩上摘下来的时候,它就会拍打那敏捷的黑色尾巴,将其匕首刺入你的手。这样的刺戳会留下一个丑陋的伤口,男孩们还声称那匕首里面暗藏着毒液,是一种有毒的匕首。鲶鱼通常会震动你那漂浮的鱼漂两三次，但其震动的方式与太阳鱼和金鲈大相径庭。它的每一次震动，都是一种稳固、强劲的下拉，将鱼漂部分地拉到水面之下。然后，它认真地咬住鱼钩，那鱼漂在水面稳定地上下浮动，尽管掌控这样的事情似乎不太容易，却意味着鱼线的另一端有某种固态而实质性的东西。确实，这常常是真的，因为这种身着黑色外衣的鱼的体重可达一两公斤，可能会将你手中的桦树鱼竿狠狠地折成一个半圆形，它才会放开。

当你开始认真考虑鲶鱼的时候，你就会去垂钓，但是，你一天垂钓所经历的高潮却一直潜伏在水下那布满穴孔的深处——那里，在深深的突岩下面，溪流冲开了沟槽，因为那里有一条鳗鱼，其体形粗壮得如同你的手腕，长约0.9米，它那坚固的白色肌肉很结实，从头到尾接近一公斤重。

鳗鱼是小溪和淡水湖里奇异的离群索居者。你可以窥视阳光普照的浅水处，看见其他鱼类忙碌于自己的事情或者嬉戏，它们可以跟同伴交往。如果你生活在湖畔，就会训练银鱼、太阳鱼甚至金鲈，用食物诱惑它们浮上水面，从你的手里取食。我曾经观察过一条大型鲶鱼的活动，它在阴暗的深处笨拙地四处游动了一小时。我看见它在吃掉我扔给它的一条没有挂在鱼钩上的虫子之前，还特地小心翼翼地检查了一番，欢乐地注意重力和自尊，它因此最终判定那条虫子没有问题，还判定自己一口就能将其吞掉，这对于那个猎物来说是很荣幸的。然而，我从来不曾在淡水中见过或者抓过鳗鱼。在那里的岩缝中间，沿着最深处的泥淖，它神秘地自行其是。一般来说，小溪里的其他鱼类群集着游弋，而它却独来独往；其他鱼类在溪流上游产卵，而它却诞生于浅水渔场的沙滩上，离岸约有160公里之遥。当它还很幼小的时候，它便穿越了那阻拦其他鱼类的堤坝而蠕动着游向上游。当它回归的时候来临，它就会原路返回，虽然长得肥硕，但依然隐身，迂回曲折地行进，且沉着冷静，同时还狡猾得令人惊诧。

它活着是为了回归，对于那些掉进它潜伏的凉爽阴影中的虫子，它会小心翼翼地检查一番。当它即将咬住你的诱饵时，你需要敏锐地了解正在发生的事情，因为它会怀疑你，你的鱼竿或鱼线上哪怕有一丁点儿失控的动作，就会导致它像影子一样溜回洞穴，此后，它就再也不会来咬你的鱼钩上的诱饵了。你会说那或许不是咬钩，鱼漂仅仅是停了下来，鱼钩无疑是纠缠在水底的障碍物中间了。如果你足够明智地了解，那么你就会在这里拉起鱼线，以免失去鱼钩，而这样做，你又会失去你想垂钓的鳗鱼，因为它仅仅是在测试你，看你的反应。它只咬住鱼钩的底部，咬在尖端和倒刺之下的部位，如果你拉扯，当然就会把鱼钩从它的嘴里拉出来，却没有钩住它。然后，在嘲讽般的快乐中，它会摇摇摆摆地游到更深处，游进石头下面的洞穴，那就是你跟它最后的接触。你可能要在这个池潭中垂钓一周，它才会忘记自己的谨慎，咬上另一条作为诱饵的蚯蚓。尽管如此，如果没有什么激发起它的怀疑心，那么鱼漂就会渐渐下沉得更深，直到超过了半潜状态，在那里悬垂片刻，再继续下垂，然后逐渐被小心翼翼地吸引到下面。

你想垂钓的那条鳗鱼会狡猾地把鱼钩携带到洞穴中，在那里，它可能从容不迫地饱餐这顿送上门来的肉食。现在是至关重要的时刻，千万不能让它进入石头中间，因为一旦进入石头中间，即便你猛然拉动，鱼钩钩住了它，它也会不顾一切地围绕石头而拼死扭动，然后把鱼钩扭出来。一次稳定而迅疾的拉扯，你感觉到它上钩了，然后正如那些采用飞蝇钓的渔夫光荣地说到的那样，你确实"顶撞它一下"。你那柔韧的桦树鱼竿在手中渐渐弯曲，直到其尖端差不多接近你的手腕，与此同时，你的身体不顾一切地全力后倾。一条 0.9 米长的鳗鱼在水中的自持力是相当巨大的，直到它确实有些疲劳了——就像你握住桦树鱼竿的手感觉疲劳一样，它才会屈服，但你要稳定而渐渐地拖着它在池潭中游走——在池潭中，你和它的搏斗相当直接。现在它的头颅露出水面，它那巨大而柔韧的身体在下面就像螺旋桨一样旋转。此时你要再次当心，因为它在离开水面之际，会像射出来一般，你应该随着它而行走，退到后面的灌木丛中，因为在那里，它会把你的鱼线缠绕成上万个死结，而且还可能会突然摆脱鱼钩，像蛇那样逃向小溪。

在它离开水面的那一刻，你的动作要慢下来，它射向空中，又坠落下来，直到它的尾巴在你面前的地面上不断拍打、鞭笞。在这里，就让它在绷紧的鱼线末端蠕动吧，与此同时，你要用一只手折断一根结实的桤木枝条，当你把那条鳗鱼扔到地面上，就用这根枝条痛击它。这样的击打比别的行动都要管用，更能迅速把它打晕，然后你就可以随心所欲地摆布它了，只是对于它，你的动作一定要迅速，因为它的生命力很顽强。

　　然后，如果你是真正的渔夫，就会卷起那鱼线给你带来的收获，离开这里，因为这个池潭空空如也，再也没有值得你用坚强性格去一试的敌人了。一个池潭只有一条鳗鱼，而捕捉太阳鱼又实在枯燥乏味，毫无刺激可言。

第 6 章　溪流的魔法

Brook Magic

溪流中究竟有何等魔法，使得这些奇异、笨拙、爬行、生活在水下的生物凭借这样的魔法，有一天就爬上了一根水草的茎，让身躯迸发地展开，拍着翅膀飞走，摇身一变，成为池潭中圣洁而端庄的豆娘……

你经过垂钓的深潭，穿越芦苇丛生的草甸——那里长满了蒲根（flagroot），这种植物喜爱游泳，喜欢麝鼠前来用它那辛辣的根给自己午夜的餐食添加香料，并把宽大的蒲叶堆积起来作为冬天的巢穴，直到这个时候，溪流的魔法才会开始。当你在更远处，在那平坦的沼泽的岩石和黑桤木中间蜿蜒行进，此时，如果你足够机警，就可以感到它施展的一点儿巫术，因为在这里，鸵羽蕨把它那庄严豪华的羽叶抬到与你的脑袋齐平之处，如果你万一迅速没入这些羽叶中间，就接近了一个世界的入口——在这个世界，巫术很普遍，因为蕨类植物拥有一种属于自己的神秘力量，桤木沼的蕨类植物是通往金缕梅（witch-hazel）王国之路的装饰品，在这个世界，各种奇奇怪怪的事情都有可能发生。

　　蕨类植物和金缕梅本身就很神秘，而且是神秘的促进者，至于其中哪一种植物在巫术的无常和笼络中起着引导作用，则很难查明。蕨类植物是一个更为古老的世界的代表，它们逗留不去——在第一棵松树坠下松果或第一棵落叶树把叶子飘落在第一片草皮上之前，它所代表的那个世界就已经老了。它们的方式并不是现代植物的生活方式。

比如，就拿肉桂蕨（cinnamon fern）来说，这是我们的树林中最常见的蕨类之一。每年春天，它都像娇嫩而多汁的药草一样茁壮成长，而到了秋天，它又像草丛一样枯萎、死去。但是，如果你拿着铁锹走进树林，试图挖掘、移植一棵大型肉桂蕨，你往往会失败，除非你还随身携带着一把斧子，因为这种貌似草本植物的蕨类拥有一根地下主干，其直径有时可达60~90厘米，其质地几乎跟树干一样结实而且坚固。

对于蝴蝶或蛾子的世界，蕨类植物没有绽放出花朵来吸引它们，也没有果实来款待狐狸或田鼠（field mouse）。对于那些沿着叶片边缘生长的古怪的小圆点，我们出于礼貌称之为"蕨类种子"，种植下去却长不出蕨类来，仅仅长出一种小叶片的基本形态，那种形态在其功能中古怪地模仿花朵，会生出一棵新的蕨类植物。

但是，金缕梅的方式依然更为奇异。在春天，当植物世界呈现出各种符号和标志来绽放花朵的时候，它却在忙碌地结出坚果，而那种坚果还是去年的花朵的产物。然后到了晚秋，甚至到了11月，你会发现它在开花，扭曲着黄色花瓣的手指，仿佛在哀悼自己叶片的飘零。

在仲夏的傍晚，采摘一枚坚果，专注地审视它，你会注意到那女巫小小而精明的猪眼在它上面深深地向内生长，那上面还有滑稽的、泼妇般的、向上翘起的鼻子，那肥胖、肿胀的面颊和眼睑。看看那额头上纤细的头角吧，那是女巫确切的标记。难怪它拥有"女巫榛子"的名字——每当大多数其他树木和灌木完成了开花，它却因为这样的方式，也因为这样生长在它身上各处的面庞而留名。但是，如果你想进一步获得这种灌木窝藏女巫的证据，只需要在一年中的这个时候去仔细检查它、审视它那椭圆的、边缘呈波浪状锯齿形的叶片，看看那悬挂在它们上面的女巫的圆锥形小红帽。在一个圆月升起的午夜，坐在它的下面，带着一点儿怀疑，怀疑你可以看见女巫的面庞从枝条上分离，戴着这些小红帽驶离，越过黄色月亮那巨大的圆盘。

诚然，科学家、胡须半白的昆虫学者会告诉我们，这些小红帽是虫瘿（gall），是植物蚜虫（aphid）的养育之地，是由这种昆虫的雌性在叶片组织内产卵所致，但是，你最好相信那是女巫们在前一夜将帽子挂在了金缕梅上，正如你相信昆虫在叶片组织内产下微小的卵能够导致这种植物生长出女巫帽子。

无疑，这些同样聪明的人会对你解释，在月黑的时候，把蕨类植物的种子撒在你的头上，念出恰当的话语，你也不可能变得无形，但是他们当中到底有没有人试过呢？

很恰当的是，金缕梅会遮蔽那小溪穿流而进入牧草地脚下的峡谷入门，因为在那里，小径会让你进入一个巫术世界——在那个地方，魔力将在一个夏日的下午久久地控制你。

峡谷的脚下,一处古老的磨坊水坝曾经阻挡了水流的自由流淌,一只水车吱吱呀呀地折磨着水流。如今,这里仅余那道粗糙构筑的堤坝,生长了半个世纪的山胡桃和枫树依然在上面生长,向内拱起,用那些覆盖着鳞片的枝条遮蔽峡谷。水车轮的锈蚀和建筑物的痕迹不曾留下,磨坊真实的传统及其主人都已消失了。今天没有人知道,当年,它究竟是为那个修建它的开拓者碾磨过玉米还是锯过木板,那个开拓者将水坝的台基修建得如此坚固而平整,以至于历经了两个世纪迅疾的流水磨损,它也不曾完全被抹去。就在峡谷的底部,它形成了一个浅浅的水潭,在那里,如果你去寻找,溪流的魔法和金缕梅的魔力就会向你展现仲夏的种种幻想。

正是在峡谷中,我从正午的暑热里发现了第一幅真实的浮雕。在阳光烤得焦干的牧草地上,那些草丛多么干枯,在脚下易脆,路过时很容易折断,它们一路延伸到下面的白菖蒲草甸。在那里,溪水使得所有的生物都保持着郁郁葱葱的状态,但是太阳的怒射却更为强烈。强烈的阳光跟随你进入桤木沼泽,你可以坐在那鸵羽蕨拱起的复叶下面,却逃避不了阳光的曝晒。

你穿过这些蕨类植物而攀缘,躲在你头上伸展的金缕梅枝条虚假的祝福之下,与此同时,金缕梅的面庞露齿而笑,还发出一种"我的孩子,保佑你"的冷嘲热讽,但此后,你会乐于让自己去碰碰运气,遭遇沼泽的巫术和溪流的魔法。因为在峡谷中,凉爽的水在冰冷的石头上泛起波纹,微风叹息着溯流而上,像扇子一般吹向你,而此时你坐在池潭边,把脑袋靠在突岩上,在突岩的裂缝中,岩蕨那仙女般的复叶就垂了下来。

这些只是我们的蕨类植物世界中的小伙伴，从它们的种子中提取出来的魔法，其效力肯定不及从更大的蕨类植物的种子中提取出来的魔法，但它创造溪流的魔法，增添金缕梅的魔力，如果你耐心一些，那种魔法就会把你接纳到牧草地世界的很多神秘事物之中。坐在那里，任凭岩蕨小小的褐色孢子发出无穷小的嘎嘎声，落在你的肩上，你似乎更为清晰地看见峡谷的生命，了解迄今为止仅仅被片面理解的很多声音的意义。

夏天，溪流始终对自己唱着催眠之歌——在头上的叶簇中，莺雀（vireo）的鸣啭又给那种溪流之歌增添了一种梦幻般的断唱之歌。但是，如果你透过这种歌曲而聆听，不久就会听见水中小妖精发出的声音，它们在其扁平石头下的居所中，对自己发出喃喃的抱怨。这些水中小妖精，年迈而性情乖戾，从未停止地咕咕哝哝地抱怨自己的麻烦。

它们很可能连续不断地抱怨，因为它们饥肠辘辘，山林仙女豆娘的供应正处于短缺期。大批豆娘展开闪闪发光的黑色翅膀，越过池潭飞来飞去，当它们歇落下来，就将翅膀紧紧地收回它们那彩虹色的身侧。这些蜻蜓雍容如贵妇，以至于法国科学家大献令人钦佩的殷勤，赋予其"豆娘"之芳名，并从此流传开来，也就不足为奇了。它们飞行的姿势很优雅，短暂而又适度，当它们歇落到池潭边的叶子上，那种收叠翅膀的方式非常圣洁，就像双手合十做祈祷，豆娘是蜻蜓，每一次祈祷都有充分的理由——为了某只在短暂的飞翔中被猎捕的蚊子或其他小昆虫的灵魂而祈祷。

真正的蜻蜓——那种歇息时展开翅膀的蜻蜓，如同鹰隼捕猎，而豆娘却似乎带着典雅的优美和高贵的魅力来进行捕猎，这样的方式应该让那被猎捕的蚊子最后的时刻成为其最幸福的时刻。我始终怀疑，在那些豆娘回到自己的闺房后，就会把那只蚊子裹在一块洒着香水的餐巾里面，吃掉它的时候，还会用勺子涂上一层色拉，但是我无法证明这一点，我只能证明它真的是一个水中小妖精，在扁平的石头下发出喃喃的抱怨。

有很多次，我会突然翻转石头，但依然不能以够快的速度去突袭这个小妖精。我发现它在那里，却从来没看过它真正的形态。它始终设法让自己变形为某种不同的东西——也许是变成一只星点水龟，要不就变成一条脾气暴躁的鲶鱼。我甚至知道它曾经变成一条长着很多条腿的丑陋的具角鱼蛉（hellgrammite）的幼虫，没有时间去实现更多著名的变形。一只熟睡时喃喃地抱怨的小妖精难以捕获，而在金缕梅下面的池潭中就更难捕获了，因为在那样的地方，溪流的魔法很强大。

豆娘仙女则更容易看见。它们并不十分美丽，表面上也没有那般风韵，如果水中小妖精要吃掉它们，它们发出喃喃的抱怨也就不足为奇了。你也许见过一只鹰隼般的蜻蜓，在一个开阔的池潭上四处飞掠，以燕子的方式沉在水面。它们这种突然而重复的沉浸并非是为了沐浴，也不是为了饮水。其实，你看见的是一只雌性蜻蜓在水面上产卵，那些卵稍后就会孵化出来，变成依然命名得恰当的豆娘,却不会去干那样厚颜无耻的事情。相反,它们会挑选某根在风中点头的芦苇,稍稍更紧地把翅膀收回那彩虹色的身体,沿着那根芦苇爬进水里。在这里,在水面之下恰当的隐蔽处,它们用锋利的产卵器刺穿芦苇的茎,然后产下卵。接着,它们再度向前飞,捕获更多的蚊子,用勺子小心翼翼地涂上一层色拉,将其吃掉。

在池潭边透明的水中,在水草中间,如果你凑近仔细观察,就可以看见豆娘仙女到处爬行,透过其尾部的羽毛来呼吸,用那下颚下面凸出的大铲子舀起食物。它们几乎没有露出自己即将呈现的美的迹象。这是豆娘尚未成熟的青春期,我想象,每一只豆娘都十分乐于梳理头发,穿着闪闪发光的绿色紧身衣,披上长长的黑色裙裾,在午茶时间加入那来来往往的飞掠。

溪流中究竟有何等魔法,使得这些奇异、笨拙、爬行、生活在水下的生物凭借这样的魔法,有一天就爬上了一根水草的茎,让身躯迸发地展开,拍着翅膀飞走,从此摇身一变,成为池潭中圣洁而端庄的豆娘。我不知道的是,那种魔法究竟是夏天的太阳从金缕梅中提取出来的,还是它从生长在我头上岩缝中的瓦苇(polypody)孢子的胸甲下面更为神秘地溜出来的。这肯定是同一种魔法——长着很多条腿、爬行的具角鱼蛉的幼虫凭借着这种魔法,有时像那样生活好几天之后,有一天就爬上岸,在一块石头下面睡觉,一个月之后醒来,就发现自己成了一种蛉虫,长约7.5厘米,长着非凡的翅膀和巨大的头角——这种昆虫有充分的埋由创造出那些女坐之一,在月亮那巨大的圆盘上,面对面相遇,尖叫着从女巫的扫帚柄上掉下来。如果它能从具角鱼蛉的幼虫转变成为那样的东西,那它为什么不能成为具角鱼蛉的幼虫,在金缕梅下面池潭入口处扁平的石头下,从你能听见的那些喃喃地抱怨的水中小妖精华丽转身呢?

在诗人的韵律中,在科学家的推论中,都找不到确切、可信的答案。

沉思着这些事情,我突然从我在岩蕨下面的座位上端坐起来,因为更多的魔法正展现在眼前:在更远的那一边浅浅的漩涡中,池潭被什么东西搅动了一秒,随后,一条微小的太阳鱼就从那里浮升上来,它的身长不及7.5厘米,尾巴率先升起,开始平衡着越过池潭水面,朝我这边游过来。它的尾巴在空中不断颤抖,我能看见它的皮肤呈现出来的黄色透明中带有斑点,然而,尽管我睁大了眼睛仔细观察,但在它越过池潭三分之二的路程时,我才注意到在那条鱼的下面,露出了一条水蛇的鼻尖和邪恶的黑色小眼睛。一看见那条水蛇,豆娘们本该尖叫着飞走,但它们却丝毫没有移动。尽管如此,我愤怒地站起来,抓起一块岩石碎片,打算去割裂那条水蛇,迫使它松开猎物,但就在此时,我相当突然地重新思考了一下,决定不那么做。此时,我冷静地扪心自问:几天前,难道不是我本人来到了溪畔,前往深潭,从那里带走了一串鲈鱼、太阳鱼、鲶鱼和一条鳗鱼吗?难道水蛇就不该拥有进食的权利吗?

这样的念头,使我扔掉了手中的岩石碎片,但再也没有等待追求豆娘们端庄风情的乐趣了。蛇进入了伊甸园，人类遭到了放逐。我只是足够长久地逗留在那里，看见那条水蛇展现出来的优雅和力量，它滑过旧水坝的台基，时而显得黝黑、蜿蜒、柔软，时而让我瞥见它身体下部那生动的红色，但它始终牢牢地咬着那条小小的太阳鱼，毫不松口，将其带去饱餐。

我爬出了峡谷，快乐地前行，但是，就在那太阳暴晒的牧草地小径重新开始向前延伸的岩石顶上，我又战栗起来，因为在这里，龙进入了仙境。它真的来了，沿着小径扭动着它那可怕的身子，它的鳞片在阳光下闪耀，它那巨大的嘴巴宽宽地张开，而靠近它那大得反常的脑袋之处，有两条虚弱无力的小前腿在蠕动。在这样一种怪异的生物面前，谁不会立即转身逃之夭夭呢？自然，它几乎还不到0.9米长，它那古怪地呈现出斑驳暗纹的褐色背部，证明它就是一条普通蝰蛇——我们这里一种无害蛇类的背部，尽管它看起来丑陋得充满了够多的毒液，但其实无毒。可是，这个张着口的大脑袋和蠕动的前腿，脑袋扁平的蝰蛇绝不会有这样的东西！

在这个生物面前，我对那拥有用餐权利的蛇的同情全然消失了。当你似乎成了盘中餐，情况就大为不同了。那些蠕动的前腿在召唤，在这片金缕梅生长的土地上，我怎么能够述说蕨类种子和溪流的魔法，我可能不会缩小，小得足以让长在那个被误用的脑袋上的大嘴吞进去？死亡更好——也就是为龙而死，我抓起峡谷顶上一块锯齿形的岩石，猛地朝它扔了过去，正好击中那只爬行动物的腹部。那条龙迅疾旋转、扭动了一两秒，便一动不动地躺着，看吧！那脑袋从身体上分离出来，开始跛行离开。接着，首要是破除符咒，我看得很清楚。那仅仅是一条脑袋扁平的蝰蛇，嘴里咬着一只体形硕大的蟾蜍做晚餐，它已经将猎物的大部分身子都吞了下去，但在吞食那两条前腿的时候，却再也无法往下咽了，被卡住了。正是如此相互结合的景象，它给人呈现出了一种龙的形象。

在某种程度上，我自从那时起就不再关心峡谷了。溪流的魔法早早来临的魔力令人惬意，但我害怕，就像用东方大麻制成的麻醉品一样，其结局无疑是非常糟糕的梦魇。

第 7 章　泥沼探索记

In the Ponkapoag Bogs

在这些泥沼中，林鸳鸯繁殖后代，亲鸟在一棵空心树上构筑杂草铺就的巢穴，产下 8—14 枚略带浅黄的白色之蛋，它把蛋孵化之后，便引着那些毛蓬蓬的黄色幼雏前往附近隐蔽的水潭，让它们初次下水游泳。

在我所有的户外漫游中，无论在田野上漫步还是在水上漂流，我都发现没有哪种植物比金银莲花更优雅、更令人愉快。在我的牧草地世界中，这种植物仅仅在一个地方——沿着本卡蓬湖[①]的泥沼那浅浅的边缘而生长。我认为，就在这个地区，其他湖泊或溪流都没有这种植物，而且因为它胆怯得如此美妙，以至于你可能年复一年从它身边经过，却丝毫不曾注意到它的存在。等到夏天达到鼎盛的时候，它才冒险长出那优美的双绉花瓣，仅仅在那斑驳的橄榄色和青铜色的心开始跳动的那一天，每一朵仙女般的花才会出现——那颗心是一片叶子，其本身方圆几乎不到 2.5 厘米，而那优雅的花朵则尚不及叶子的一半，然而，一旦你认识了它，就会爱上它，甚于热爱泥沼中任何其他植物，把它当作睡莲家族中

[①] 在美国马萨诸塞州波士顿附近。

最具仙女风度者，尽管在植物分类学上，它根本就不是睡莲，而属于龙胆（gentian）家族。

尽管如此，如果一种植物可以被分类成那种闭合的穗裂龙胆（fringed gentian）——稍后在泥沼那向陆的边缘开花，那么即使它不属于睡莲家族，也并非多么糟糕。夜幕降临，当那些小小的花朵凋谢，它那短短的茎就在水下向后卷曲，在那里催熟种子——在叶子下面，悬挂在一个奇特的球茎般的节瘤，种子就在那里面，而那个节瘤长在叶柄下面，大小约2.5厘米。第二天早晨，在那颗心中，又一个小小的白色花蕾以叶片的角度萌发而出，在阳光下张开那脆弱的花瓣。

我记得，其他植物都不会以这样的方式从叶柄处萌发出花朵。当种子成熟的时候，我就怀疑这种植物自由地悬挂这球茎般的节瘤，完全是为了漂流，漂向另一片水岸，在那里，它可能会像真正的球茎或块茎那样生根发芽，进而繁衍出更多的金银莲花。

不久前，在本卡蓬湖的西岸上，这片泥沼被划为波士顿公园系统的一部分，它因此就朝着伯克夏[①]（Berkshire）的山丘稳定地推进，然而这是大自然的一点点土地，野性而自由，一如在迈尔斯·斯坦迪什（Myles Standish）可能从伟大的蓝山顶上俯瞰过它的那些日子，一如它在斯坦迪什的日子里毫无改变地存在了很多个漫长的世纪。因此我认为，它依然会保持到若干个将要来临的世纪，

---

① 地名。

因为造物主一直固守在这里。实际上，它在暗中侵蚀，因为无论在哪里，只要有自由的水流入，泥沼就会生成。因此，在很多个世纪之后，蓝山自然保护区的常客们就会注意到一大片宽宽的沼泽地——那里曾经闪烁着这40公顷的湖泊水域。泥沼存在的方式就是这样诞生的。

沿着这道暗藏在水下的锋线，那些朦胧的水草年复一年、一代又一代从水下长出来，然后死去，最终形成了柔软、肥沃的泥淖之岸，睡莲巨大而粗壮的根茎推进到它的低处，苦草（tapegrass）、淡水鳗草的根须在其中找到立足之处。这些水草的枯荣，伴随着莼菜（water shield），伴随着它那过冬一般被保护起来的叶簇，那黄色的狗百合，加上那相对较浅的深处的蘪草，给繁荣生长的水岸增色不少，一如珊瑚虫（corali nsect）在热带海洋中生长又死去，直到在足够靠近水面的地方，梭鱼草（pickerelweed）才找到扎根之处。然后，泥沼确实精力充沛地向前迈步，因为梭鱼草构成了它所挺进的最前线。整个夏天，在南方吹来的习习微风中，你都会看见它那蓝色的旗帜在欢乐地招展，把那些热爱陆地的大黄蜂（bumblebee）诱向海洋，把蜜蜂从1.6公里之外的蜂箱里面召唤过来，还为无数更小的昆虫提供休息和午餐之处，亲切友好地大献殷勤。在它那巨大的群体中，有千百万个体在密集地靠拢，伫立成一道宽大的蓝色线条，从泥沼的一端延伸大约800米，前往另一端，用胸膛迎接拍过来的波浪。

在这些梭鱼草后面，是浅浅的水潭。在这里，你又发现白色的睡莲密集地生长。从 6 月下旬到 8 月初，它们无边无际地盛开，连绵着伸向远方，在 7 月下旬花期鼎盛，达到高潮。在这样一个日子，伫立在泥沼南端的小船上，在一个特定的空间里欣赏那些繁茂的花朵，我估计大约看得见一万朵白色的花，香气扑面而来。而被蘑草和梭鱼草隐藏起来的花则更多，大约是看得见的花的两倍。在星期天和其他节假日，一船船游客划着小船，从这些花朵中间挤过去，同时采摘并带走上百朵花，尽管如此，由于那片花海的数量实在为数众多，辽阔无边，因此在现场你根本看不见被采摘过的痕迹。这些睡莲腐烂的叶片和梗茎，增加了泥沼在水下的立足之处，但终究，它肯定会成为梭鱼草那芦苇般的茎、镞形叶片和相互交织的根——那就是泥沼的主要基础。

锯齿边的沼泽禾草那漫长而明确的锋线，就这样越过泥淖的这一基础，朝着水边稳步推进。沿着那为之而形成的泥淖表面，一旦这些草丛的根须相互连结起来，就不会给浅水处那些更为自由地生长的植物留下任何空间。在沼泽禾草中间，梭鱼草那招展的旗帜再也不会茁壮成长，纯洁的白星莲（nymphaea）再也不会散发出浓郁的芳香。

面对那些草根扼杀性的挤压，可能只有泽蔓越莓不计数量地坚持了下来。在泽蔓越莓生长之处，是泥沼的远海，在自由往来的风中，它们的波浪上下起伏。然而，正如梭鱼草和睡莲在沼泽禾草的挺进面前不得不让路一样，在沼泽大群挺进的植物面前，也轮到了泽蔓越莓在向陆的一边倒下去。

年复一年，在那样的表面上，沼泽雪松（swamp cedar）排成稳定而密集的方阵，将立足之处朝外面越推越远，与悬铃木和黑桤木一起巡视，占据它们为之而获得的每一寸土地。偶尔，在一片短短的沼泽禾草和泽蔓越莓的土地上，有什么事情会发生，因此它们密集而拥挤的幼苗就变得衰弱，让它们的根须放松了在震动的泥淖上的抓攫。就这样，每一片这样的空旷处都被桤木或悬铃木所攫取，雪松则紧随其后——播种时节，雪松的确受到了适当的风和鸟类携带者的宠爱，把自己的种子撒在这里。有时候雪松会先溜进去，形成深深的灰橄榄绿的小岛状簇群，到处与蓝山的那种灰蓝色形成鲜明的对比——那种灰蓝色如同美丽的垂帘，始终悬挂在西边的天空上。

在半个世纪或更久之前，一个农夫及其手下从牧草地上走下来，心里盘算着，准备开凿一条水渠直接穿过泥沼中央，通往开阔的水域，让水从那里流进来关爱自己的庄稼。千百只夜鹭骨瘦如柴，栖息在雪松沼泽那些凌乱的巢穴中，孵化浅蓝色的蛋，在农夫挖掘之际，那些夜鹭肯定听见了雪松发出的笑声。这是沼泽的机会——在农夫及其手下难以置信地劳动，掘开沼泽禾草的根须之处，雪松轻轻松松播下了自己的种子，还召唤桤木、红花槭、贯叶泽兰（thoroughwort）、紫泽兰和沼泽的大批其他优秀的居民前来帮助它们。

这样的突围多么强劲有力，它们牢牢地占据着自己的地面，因此你今天还能追踪到农夫挖掘的宽宽的沟渠，那仅仅成了一条堤道，沼泽沿着它而来，在泥沼中央构建了一大片林地，在半个世纪之内就完成了这样的事情——要不是有人类的帮助，它们需要花上五倍的时间才可能完成。因此，就像你和我那样缓慢地计算时间，也许一年只能推进一两寸，然而对于未来一代代人的欢乐，一切都过于迅速，泥沼侵蚀湖泊，沼泽跟随而来，形成完全占有的状态，随着数个世纪的时光流逝，最终会把原本震动的泥炭藓渐渐变成坚固的草地。

你和我都知道，大都市公园委员会（Metropolitan Park Commission）将在这里把第二个富兰克林体育场（Fran klin Field）设置为皮提亚[①]竞技会的来访者扎营地。与此同时，让我们抓紧时间，赶紧享受我们的泥沼及其芦苇丛生的边界吧。

这是众多无拘无束的野生生物的家园和临时休息地。在一个清晰的夏日傍晚，你听得见麝鼠在那里挖掘根须果腹，在它游动之际，你也许会看到它拖出的长长的 V 形涟漪上闪烁的月光，还会听到它突然看见你时骤然潜入水中发出的鼻息声和水花声。你可能会偶然遇见一只孤独的麻鳽，它满怀忧郁的耐心，笨拙地栖息着，等待食物飞溅到自己身边，你甚至可以听到它开动它那喘气的、混乱的、呆板的水泵——这种鸟儿发出的尴尬而孤独的鸣叫。

整个夏天，麝鼠都在泥沼中繁殖后代，麻鳽在这里拥有它那草丛铺就的巢穴，无数黑鹂发出愉快的口哨，使得低矮的灌木丛都

[①]英国军官（1584—1656），曾随"五月花号"前往新大陆。

随着它们而发声。如今它们正在群集，正在为飞往南方的漫长之旅而训练幼雏，但是，它们依然在泥沼中闲逛，依然发出那些快乐的口哨声。当然，这并不是那种引发暴躁脾气的环境。麻鸦和黑鹂这两种鸟儿都频频出没于泥沼，然而麻鸦是孤独的离群索居者，我非常怀疑它忧郁得都快要发疯了，而黑鹂则像候选人一样愉快，喜欢自己的同伴。当你听见它发出的口哨声，你就会有些期待它歇落到小船的横坐板上，递给你一支雪茄，探问婴孩的情况。但无论如何，黑鹂的当选都是稳当的。

在这些泥沼中，另一个深受爱戴的可爱的居民，非林鸳鸯莫属。这些鸳鸯在沼泽中繁殖后代，亲鸟在一棵空心树上构筑杂草铺就的巢穴，产下8—14枚略带浅黄的白色鸟蛋，它把蛋孵化之后，便引着那些毛茸茸的黄色幼雏前往附近隐蔽的水潭，让它们初次下水游泳。后来，幼雏们开始游向外面的泥沼，最终游向湖泊，在那里学会觅食。到了8月1日，亲鸟大体上就会让幼雏们自行去漂泊了，让它们尽可能以自己最佳的方式划水、拍打翅膀。正如男孩们所称呼的那样，此时的林鸳鸯幼雏是"拍击者"。换句话说，它们能在水面上迅速行动——精力旺盛地半奔跑半拍打翅膀，但仍不足以飞到空中。

不久前的一天早晨，就在天边刚刚露出鱼肚白的黎明时分，一只年轻的林鸳鸯就从泥沼中游出来，游到那边停靠的小船平台。当我解开小船的绳索朝它的外面划过去，它还相当靠近岸边，因此我就把它跟开阔的湖泊和泥沼分隔开来。然后，接下来的一两个小时，对于我来说，这是我长期以来经历过的一场最有趣的追寻鸳鸯之旅。我能像它游动那样快速划动小船，还沿着南岸徐徐渐进，不断靠近它，每一分钟都更加靠近。我读过大量的文字，都涉及野生动物那种奇妙的智力，但在这场追逐中，我却几乎未曾见到那只鸳鸯发挥什么智力。在总体原则上，那只鸳鸯知道我是敌人，因为我是人类，而我显然在追逐它，因此，即便只有粗浅的智力，也应该告诉它要尽快迅速拍打翅膀前往泥沼，而它竟然对此无动于衷，仅仅沿着湖岸徐徐前进，一点点移动，显然希望我不那么严肃地追逐它，而且还希望如果我不管它的话，我就会在一两分钟之后把它忘得一干二净。但是我坚持追逐，到了我如此靠近它的时候，我能看见它的每一根羽毛都变得美观而堂皇，还注意到那些色彩尚未呈现出成熟之美的部位。我能看见它的黄色眼眶，而它依然忽东忽西地游动，却并未真正做出企图逃离的举动。

　　我之所以去追逐我所遇到的这只林鸳鸯，是因为我希望从它身上得知两件事：其一就是它在逃逸时究竟会展现出多少普通的智力，以及那种真正充满机智的迅疾；其二就是如果有机会，如果我很幸运，我能看见它为了逃避我而潜入水中游动时会怎样使用翅膀。但是，面对我的追逐，它起初如此犹豫不决，以至于它既没有潜入水中，也没有表露出任何强烈的逃跑意图。我如此靠近它，以至于为了避免将它赶到岸上的树林中，我还不得不稍微放松了紧逼。最终，在我第二次接近它的时候，它企图在小船的末端拍动翅膀，但我冲刺过去阻止了它。

这样的情况持续很长一段时间，它做出了种种努力让自己潜入水中，但它最终把脑袋插入水中，企图以此来躲避被我逼到角落，避开我的纠缠。它这样做了，倾斜着稍稍潜到水面之下，很可能是因为它所处的水域太浅，使得它无法下潜得更深，于是它干脆就浮上来，朝着湖中游去，在那里梳理羽毛，呷了一两口水，表面看来是在等待我第二次围困它。

于是我把小船划出去，在它离岸的那一边截住它，再度划船靠过去，逼着它前往岸上。这一次，它很少流露出不安，在受到更多的、相当大的压力之后，它再次潜水并游了出去。我一次又一次重复这样做，有时完全看不见它潜到水下的身影，有时又非常清楚地看见它在向前移动。我绝对没有注意到翅膀在水下有任何运动。有人告诉我，当野鸭在水下游动的时候，主要是靠展开翅膀来划动前进的，差不多是在水下飞行。情况也许是这样的，但从这只野鸭在水下的运动来看，我没有找到相关证据。

此外，追踪野鸭的老猎人聪明的方式给我留下了深刻的印象，这种印象就是，通过注意一只鸟潜水时嘴喙的指向，你可以辨别它会从你的小船的哪个方向浮起来。我认为这是阿迪朗达克·穆雷[①]（Adirondack Murray）说的，他最初在那个著名的狩猎潜鸟的篇章中说服别人赞成他的观点，这一点得到了很多后来者的支持。但

[①] 美国牧师、作家（1840—1904），因其描写阿迪朗达克山区的作品而闻名，故被称为"阿迪朗达克·穆雷"。

是，保佑你，我所追寻的那只尚未发育完全的林鸳鸯不反对把脑袋朝着早晨潜下去，却在看得见日落的这个方向浮上来。它倾斜着潜到水下，随意切出半圆形。但是，我根本无法看见它在水下前进时使用了翅膀划水。

那只林鸳鸯渐渐从因为我的出现而激动不已的状态中恢复了过来。它经过之际，开始从睡莲叶子上吃虫子，偶尔还潜水觅食。就这样，我们一直沿着湖泊南岸相互逗弄，终于，在潜鸟岛（LoonIsland）后面，我最后一次把它逼到了角落，而它却毫无障碍地潜下水去，可它一旦浮出水面，便开始若无其事地进食。由于这样的追逐不再令人兴奋，我就把注意力转向别的方面。然后，那只林鸳鸯朝湖泊外面游出了相当一段距离，仔细地梳理羽毛，还把脑袋塞在翅膀下面睡觉，对我根本置之不理！

显然，它得出了这样的结论：尽管我的行为很古怪，但我不会伤害它，逃避我的注意的最佳方式，就是对我敬而远之。

你也可以去试试。我认为林鸳鸯很美，却不那么聪明。然而，我想起树林中的夏洛克·福尔摩斯（Sherlock Holmes）可以证明，无论怎样证明都会让华生医生（Dr.Watson）满意——证明那只林鸳鸯聪明绝顶，因为尽管它的羽毛尚未完全丰满，却也敏锐得足以看出我从一开始就对它没有恶意。

第 8 章　我们的蝴蝶朋友

Some Butterfly Friends

最灿烂、最辉煌的蝴蝶之一，当属黑脉金斑蝶，这种蝴蝶别称"马利筋斑蝶"，也被人恰当地称为"帝王蝶"。因为它那浓郁的红色色调，那布满黑色脉纹的强劲的黑边翅膀，每一个了解夏天乡野的男孩都认识这种蝴蝶。

黄昏时分，桤叶树白色的蜡烛把湖泊边缘照亮。它的芳香中有那种飘去构成众神的甘露和美食的精美香精。在8月的一天薄暮，随着落日反射的光，小水湾的紫色花毯发出柔和的金光之际，那会用它们作为饮食的人凭借划动独木舟，就可以如此获得饮食。然后，更粗野的空气似乎让光芒从它笨拙的粒子之间溜走，让它那更缥缈的香精依然依附着，依附于一种更微妙的原子之间的流体。

　　对于我，桤叶树的芳香似乎很精美，在成熟的夏天那芳香四溢的薄暮中，始终就像光芒的烈酒。当正午酷热的太阳把它们蒸馏出来，灼热的风就越过颤抖的田野，将它们吹向远方的你，这种芳香与森林的松树或牧草地的香蕨木树脂芳香大不相同，它没有香蕨木树脂芳香通过空气传播而来的那种愉悦，而是某种更为精美之物，更像丝绸一般精细，就像落日的那种玫瑰金色一样，在空气的原子之间给小水湾的黄昏涂上色彩,而并不采取这些空气的原子的方式。

然后,随着金色的闪烁和隐退,粉红色在黄昏凉爽下来的紫色中也渐渐衰弱,小水湾之岸的轮廓从你的眼前悄悄溜走,溜进眼睛后面的记忆库,因此你闭着眼睛,以不同的方式才可能把它看得最清晰,那些白色的蜡烛被点燃,热切的蛾子在它们旁边与你和我还有众神共进晚餐,享用这种美食的精髓,不断畅饮夜晚为喜爱它的人而储备的这种甘露烈酒。

那在黄昏中如此洁白的闪烁的桤叶树,我不知道它为什么会特别需要自己白色的美,召唤蛾子飞来求爱。也许,它不再需要这样的美。也许,这精美的芳香,都不过是它灵魂的愉悦在青春焕发、纯洁得美丽之际的满溢,在极度的紫罗兰色的黑暗中,在接近那等待追求者的美味的生活中颤抖。我想象这适用于所有的花香,它较少召唤蝴蝶和蜜蜂前来获取,而更多的是,在生活圆满的欢乐开始显现之际,从自己纯洁的心里愉悦地发散。我并非始终愿意把科学调查者对这些要点的探索作为最终依据。距今并不很远的科学家何其了解情况并非如此!

很可能情况是这样的:正如猎狗捕获一条气味踪迹,这条踪迹在猎狗的鼻孔中很强烈,而我们的鼻孔对此却毫无捕捉能力,我们称之为没有气味的那些花朵也是如此,它们也散发出一种对我的感官来说太过精细的气味,因此我根本无法闻到,然而,当那种气味经过的时候,蛾子或蜜蜂却用一根触角就能捕获,并保持着某种线索，一路追踪下去。也许，那些仅仅对我们显得很微弱的气味，却会远远地传播给蝴蝶，但如果是这样，如果花香仅仅是为了召唤昆虫而产生的，那么它们又为何需要被创造得如此陶醉人类的感官呢？康乃馨的芳香就像美妙的音乐旋律一样，不断愉悦人类的灵魂，同样唤起高昂的志向和高贵的渴望。因此对于我，在夜幕降临时，桤叶树散发的气味就是一根轻纱的细线，飘向远方一个精神上的理想之境。它应该与一种仪式和既定的唱诗班同行。

在牧草地上，我没发现马利筋（milkweed）的气味对所有内部感官这样说话。那只是一种温和、可爱、恋家的气味，无疑没有飘过牧草地栅栏那边，飘散到远处。然而这个夏天，在我的花园和牧草地世界绽放的所有植物中，马利筋的气味是最受昆虫们欢迎的。无论马利筋呈现出什么样的形态，它都不是最吸引眼睛的植物，因为色彩绚烂的花卉为数众多，而且形态更为生动，远远就能看到，同时还散发出强烈得多的气味，因此它实在谈不上是佼佼者。尽管如此，一整天，你会发现蜜蜂团团围住马利筋，其中不乏来自农夫最佳蜂箱中的高贵的意大利工蜂，也有那些无赖蜜蜂——它们并不为自己酿制蜂蜜，却过着流浪的生活，将自己的卵产在其他蜜蜂的巢穴中，让自己的幼虫在毫无天赋可言的孤儿院里长大。

很多种类的蚂蚁都会搜寻马利筋的花朵，在一大丛马利筋上，你还会发现很多种黄蜂（wasp）的身影，其数量和种类之多，让你几乎难以相信，然而，蝴蝶将马利筋当作了自己特别的聚会之地。

在整个地区，每只蝴蝶都把熟悉每一大片马利筋当成了要务，几乎每天都要去巡视一番。

如果你凑近，足够仔细地观察，就可以在那里看见那种小小的、漂亮的弦月纹蛱蝶（pearl crescent），这种蝴蝶的活动范围很广，从拉布拉多一直延伸到得克萨斯。胆怯的眼蝶（meadowbrown）从溪畔的桤木阴影中飞掠而出，进食片刻，才惊骇地意识到自己置身于外面的社会的事实，便不顾一切地起飞，重新飞回去。蛱蝶（angle wing）在附近飞掠，就像活泼的多角蛱蝶（questionmark）一样，那浑身黄褐色的豹纹蝶（fritillary）也安详、镇静地高飞，偶尔会歇落下来进食，叠起翅膀，因此你看得见其身体下部的银色大斑点。如此一来，你可以给8月初的几乎每一种蝴蝶命名，它们全都如此热切地团团围住马利筋，密集得你几乎无法将其轰走。

事实是，它们之所以飞来这里，既不是为了嗅闻气味，也不是为了观赏花朵，而是为了品尝美食——它们从那特别形成的花朵蜜腺中获取美食。显而易见，这样的美食具有黏性，所有的蜜蜂都能获得。我并不认为是这种花朵的气味如此吸引了它们，因为那气味从来就不那么芳香，也不那么浓烈，相反，吸引它们的是它们对昨天或上周在这里吮吸过的蜜露的记忆。无疑，热爱马利筋的花朵也是它们的一种遗传趋势，很早很早之前，一队蜜蜂祖先就频频前往马利筋，并将这样的习性遗传了下来。

实际上，最灿烂、最辉煌的蝴蝶之一，当属黑脉金斑蝶（Anosiaplexippus），这种蝴蝶别称"马利筋斑蝶"（milkweed butterfly），也被人恰当地称为"帝王蝶"（monarch）。因为它浓郁的红色色调，那布满黑色脉纹的强劲的黑边翅膀，每一个了解夏天乡野的男孩都认识这种蝴蝶。每一只鸟儿都认识它，且不去打扰它。因为在这种蝴蝶后翅的第一条中央小翅脉上，有一个臭腺，那里会散发出一种气味，令那些想吃它的鸟儿如此厌恶，便把它放走，此后也就不会再去打扰它了。

在草甸马利筋上，你常常会看见这样的情形：与那些热切、勤奋地吮吸花蜜的帝王蝶在一起的，是总督蝶（viceroy）。这种蝴蝶就像总督一样，它详尽地模仿帝王蝶，却又比不上帝王蝶——它既没有帝王蝶的飞行活力，也没有帝王蝶对掠食鸟类的防御手段，但学生们会这样告诉我们：它的安全就依赖于它的外形看起来多么像帝王蝶，因此鸟儿也不会去打扰它。学生们继续说到，总督蝶是昆虫模仿能力的一个绝佳例子，由此，它们通过让那些偶然的目光把它们看成其他东西，从而逃脱灭顶之灾。

总督蝶，是一种副王蛱蝶（Basilarchia disippus），因此它看起来一点儿也不像这个家族中的其他成员，却为了自身安全而有意识地拟态帝王蝶的色彩。同样，很多热带甲虫也以这样的方式，有意识地让自己看起来像黄蜂的母羊，因此才不会遭到掠食者的骚扰，比如果些昆虫看起来像褐色树叶，而其他一些昆虫看起来则像绿叶。

但它们是在谋划、模仿、拟态吗？因为它们之间逃避天敌的相似性，这些手段无疑都是真的，但要说它们模仿或谋划，或拟态，在我看来似乎是呈现了昆虫内心意识的工作方式的知识，而这是连最细心的学生都无法拥有的。我更倾向于相信，所谓的拟态者，在一种意外的相似中是幸运的，因此逃脱了其个种类的毁灭，而这种毁灭则降临到了很多不那么走运的种类身上。

然而，无论其他蝴蝶的色彩多么优美，无论其飞行多么强劲而优雅，无论怎样用翅膀弹拨那冒险传奇的精细的心弦，它们都无法跟帝王蝶相比。这个春天，第一只帝王蝶顺着阳光而下，翩翩降临到我的花园中绽放的萝卜花（sweet rocket）上面，给我带来了热带岛屿的香气。它经过之际拍打翅膀，散发出墨西哥茉莉花微弱的芬芳，我认为自己看见了无穷小的花粉尘埃从它们的身上落下来，那是最近在巴拿马的林间空地上绽放的千金子藤花（stephanotis）的花粉。在它宁静而安详地飘浮在我的樱桃树下面的三个月前，它很可能正在穿过那热带的林间空地，穿过印加人崩塌的宫殿废墟而展翅翱翔。

从表面看来，它的飞行很脆弱，如同一片秋天的红叶，顺着10月的西风滑下来，用沙沙作响的芳香覆盖了附近的田野，但其实，它堪与鸟类中的步枪子弹——红喉北蜂鸟（ruby-throatedhummingbird）的飞行媲美。在春天，它们会一起前来吮吸我的萝卜花的花蜜；而到了9月下旬，当一阵阵风吹起，预示着霜降即将来临的时候，它们又会一起展翅飞向南方，飞向那夏天永驻的地域。有时候，在这种一年一度的飞行中，成群的帝王蝶会路过新泽西海岸的多沙地段，在夜幕降临时停下来歇息，在那些被秋天的大风吹得光秃秃的灌木上叠起翅膀，形成一片片叶形装饰物。

也许这种蝴蝶就像候鸟一样，对自己必须遵循的路线知识在它们诞生之际就已经融入了它们的骨头之中，千秋万代一直如此。也许，它们仅仅在北方吹来的凉风中飘浮，朝着那在明亮的秋日把南方照耀得如此晴朗的太阳前进。但是，无论通过上帝之手的引导还是通过遗传下来的导航智慧，抑或通过一天天起作用的幸运的事实所产生的幸福结果，在这里的北方，它们在冬天朝着南方运动，是拯救这个物种唯一的方式。

如果它们不做这些漫长的飞行之旅，那么我们每年夏天就不会有帝王蝶了，因为跟其他蝴蝶不同，无论采取哪种形式留下来挑战霜降，它们都无法渡过寒冬，霜降会毫不留情地杀死它们。整个夏天，它们长长的红色翅膀勇敢地拍动着，让它们从一丛马利筋转移到另一丛马利筋。它们吮吸那伞状花序的每一朵小花所提供的花蜜，那种花序黏糊糊地群集，如针头般大小。它们将自己的卵产在其叶片上面，黑色和黄色条纹的毛虫便得以在叶子上孵化、进食。然后，它们形成绿色和金色的茧中之蛹，悬挂在附近的细枝上，一直到化为成虫——完美无瑕的蝴蝶，冲破茧的束缚，展翅飞走，去找到更多的马利筋。一个夏天可能产生几窝蝴蝶，但霜降会阻止它们产卵和孵化。帝王蝶不会在这里过冬，因为它的卵或蛹都无法挺过寒意而幸存下来。

尽管很多蝴蝶看起来很脆弱，但它们却成功地度过了新英格兰的冬天。荨麻蛱蝶（Antiopa vanessa）别名"丧服蛱蝶"（mourning cloak）或者"坎伯韦尔美人蝶"（Camberwell beauty），这个英俊、潇洒的伙伴身上有蓝色的斑点、浅黄色的边缘，为大家熟知，随着春天最初的温暖日子的来临，它就穿过树林欢乐地飞来飞去。整个冬天，它都舒适地躲藏在某一条岩缝中，麻木而蛰伏着，却非常活跃。春天最初的那种和蔼的温暖将它释放出来，后来，我总是发现它的孩子在小水湾上面的柳树细枝上啃食。它们是狂暴的伙伴，因为其竖起的黑色背脊令人害怕，另一方面，其暗红色的斑点又让它们清晰的黑色皮肤得到了缓和。但是它们生长得非常迅速，不久后便飞出去，落到一根细枝上，用一条小小的丝绳将自己头朝下悬挂起来，在风中摇晃，简直就像一条模仿过犹大的死毛虫。

有一天，那毛虫的角色就会被丢弃。这是一个相当突然的过程。早晨，你可以划着小船路过那些柳树，看见你所追寻的那些小小的犹大悬挂成一排。中午划船回来的时候，其外皮就皱缩了，它们脱掉了这层外衣，你就看到了蝶蛹，那看起来很顽皮的古怪的东西，依然在那里头朝下地摇晃。你知道它们活着，确实，如果你戳动它们，它们还会不耐烦地蠕动，但是，它们在风中摇晃，一周甚至十天都没有露出其他迹象。然后，它们会蜕下第二层外皮，突然蹦出来，完全发育成为蝴蝶，还一度从容不迫地伸展翅膀，接着就突然疾飞到空中，疯了似的越过山丘离开。整件事情发生得如此突然！这种变化来临的时候，就像某个林地魔术师挥舞一根柳树魔杖，念出"阿布拉——卡——达布拉，快快变吧"！我反复观察，以便看见那毛虫的外皮脱落，又再度看见那蛱蝶从它一直戴着的面具中走出来，但对于我来说，它的行动实在是太过迅速了。

整个冬天，其他蝴蝶在蛹中幸存下来，出现的时候已然发育完全，为春天做好了准备。就这样，通过它们那通常极致的美，要不然就通过它们貌似死亡的复活，对你那倾听的想象力说话，尽管如此，如果你密切观察它们处于蝶蛹的形态，就会看见它们甚至从表面看来也没有死亡。福音传道者坚持对我们说蝴蝶就是耶稣复活的那种原型，如果我们善良，就可以期待这种复活，福音传道者们显然从未密切观察过一只充分健康的蝴蝶的蛹，要不然他们对其尸体就不会那么有把握。

就是最近，我的书房中有了一些普通东部凤蝶的蛹。我在我的欧芹（parsley）上发现了这种肥胖的黑色和黄色的虫子，便将其关进笼子。它们很快就把尾巴靠在铁丝网上，开始成蛹、孵化，在头上倾斜地悬挂起来，它们的肩头（可以这么说）被唯一的一圈丝线支撑着。如果你轻轻拍动铁丝网，或者刮擦它，这些蝶蛹就会摆动，而且相当愤怒地摇晃，它们的行为显然是在说："你就不能让我安静一会儿吗？我正在打盹儿呢！"不，显然没有创造蝴蝶的死亡与复活。那仅仅是一只一直都为化妆舞会而穿衣打扮的毛虫。它穿着厚厚的大衣，前来参加林地舞会。它将其当作面具而脱掉——它戴着那个面具参加了一阵舞会，随后，它就身披一件尽显高贵之美的长袍，为最后的欢庆而突然出现在现场。

仅仅是在前天，我的这些蝶蛹就这样出现了。这些黑色和黄色的奇妙生物显现而出，伸展翅膀，直到我能看见那优美的蓝色色调，看见那在第二对翅膀下部的红色与黑色的眼点，看上去如同孔雀羽毛的图案一般，然后，当我打开窗户，它们就疯狂地疾飞而去，就像蛱蝶从小水湾的柳树细枝上迅速离开一样。这种蝴蝶被人坚持作为懒洋洋地虚度光阴的例证。我从未观察到哪只蝴蝶不像选举日的政治家那样忙碌，尤其是那些刚刚从蝶蛹形态中苏醒过来的蝴蝶，它们会匆忙离去，仿佛知道摆在自己面前的所有工作，因此它们渴望忙忙碌碌地劳作。

在所有的蝴蝶当中，帝王蝶肯定不是最美的，但我却会毫不犹豫地将它归类为最能干的蝴蝶。它那一年一度的迁徙，显示出了其翅膀拥有奇妙的力量，它既有很多智慧，也有非凡、发达的本能——对于这两者，它很可能兼而有之。此外，通过完全偶然的机会，要不然就是通过那一年一度漫长的旅程所培育起来的冒险精神，它正在为拥抱已知的世界而稳步地扩展自己的栖息地。最初，它的活动范围仅限于北美洲，在过去的十几年，它就乘船抵达了澳大利亚，在那里更温暖的地区大量繁殖。随后，它再度漂洋过海，漫游到爪哇岛①（Java）、苏门答腊岛②（Sumatra），还把它的旗帜插到了菲律宾。不仅如此，它在佛得角群岛③（CapedeVerdeIslands）也牢牢地确立了地位，并竭尽全力在英格兰南部那黯淡的阳光下幸福地生活，而且每一年，它的标本都会被科研人员写入报告。

---

①印度尼西亚的一个大岛，被大西洋西部的爪哇海从婆罗洲分开。
②印度尼西亚西部的一座大岛，位于马来半岛南部、印度洋沿岸。
③位于大西洋中心地带，地处非洲、美洲和欧洲三大洲的交叉口。

第 9 章 鸟类的休息时节

The Resting Time of the Birds

两只蓝鸲在那棵树周围悲哀地鸣啭了好几个小时,振翅飞翔中,一次又一次平衡在它们那惨遭洗劫的家门前,热切地朝里面观望,仿佛它们无法相信自己的孩子真的消失了。后来,它们就默默地离开了。

这个早晨，我在好几周以来重新听到了蓝鸲（blue bird）的鸣叫。它们从牧草地飞到苹果树上，唱起那朴素的小小歌曲的片段，它们歌唱的风度有些美妙而害羞，但矜持而温柔，使得蓝鸲成为我们牧草地上最受人喜爱的鸟儿。自从5月下旬它们遭遇强盗的袭击及其悲剧性的后果以来，我的花园周围就没有了蓝鸲的身影。现在它们又回来了，但鸣叫中透露出一丝悲伤的音符，实际上，随着秋天的临近，每一只蓝鸲的嗓音都会流露出这样的悲伤，但我认为，这一年在我周围的这些蓝鸲的嗓音中，这种悲伤显得尤为浓重。

　　我所说的强盗，就是指家麻雀（English sparrow），要是我能想到一个同样可以更糟糕地描述它的名字，我会毫不犹豫地拿来给它命名。毫无疑问，这个故事只是这群胆怯的家麻雀干下的众多肮脏勾当之一。3月下旬，我把三个鸟盒放到外面的花园中，心想蓝鸲会喜欢前来栖居。而附近的一群家麻雀刚刚配对，它们立即就对这些鸟盒进行了检查，也许是我故意没有在鸟盒的门前安置栖木的缘故，它们最终判定其并不适合自己的需求。

在家麻雀莫名其妙地喜欢的不可能筑巢的任何地方，它们都会筑巢，但在选择新址的过程中，它们极度偏爱有一根方便的栖木紧靠在门前。因此，这些不受欢迎的居民觉得我安置的鸟盒不符合它们的需求，便置之不理，这让我着实高兴了一阵。然后蓝鸲就飞来了，给我们寒冷、阴潮的春天带来了它们蓝色的忽闪，那样的色彩犹如一点点蓝天，却比我们的蓝天更美丽——就是希望和幸福的梦幻之蓝，一切都高贵而又温和。当蓝鸲越过4月苍白的天空而闪烁，在那灰白了如此之久的秃树上绽放的时候，根本就没有什么色彩能与之媲美。因此，也没有哪种鸟儿的歌声能像它们的歌声那样亲切、可爱——那是一种不停地说出的小小的短语，非常欢乐，悠扬悦耳。然而，这样的短语吐露了希望和满意，把那温和、和善的生活表达得如此纯粹，以至于触及聆听者内心温柔、善良的一切。

在牧草地上苹果树的空洞中，或者在腐朽的树桩那去年的扑翅䴕（flicker）遗弃的洞孔中，蓝鸲都会构筑巢穴，但在所有这些地方当中，它们最喜爱的是一个靠近人类居所的鸟盒，正如我所希望的那样，在4月初，一对蓝鸲就飞来检查我安置的鸟盒，它们流露出感激的神态，查看了那三个鸟盒，似乎对我这个建造者致以愉快的殷勤的谢意，却发现自己难以选择其中的哪个鸟盒，但最终，它们还是在位于梨树上的那个鸟盒中定居下来，并开始筑巢。

与此同时，强盗们一直在附近用嫉妒的目光观察，它们潜伏在灌木丛中，在屋檐周围溜来溜去，从厩棚附近小群小群地冲出来，攻击那对蓝鸲。家麻雀被称为好斗者。其实它并非那样勇敢，并不喜欢打斗。在鸟对鸟单挑的时候，哪种小鸟都可以对它进行鞭笞。我就曾经见过一只棕顶雀鹀——牧草地上的雀鹀类中体形最小者，就迫使家麻雀这个胆小鬼竖起了所有的羽毛，匆匆逃避。一只雄蓝鸲打斗时如同绅士，而且还如同绅士一般，只有在必须打斗时才出手，会驱赶好几只家麻雀。家麻雀是懦夫，其真实的本能无非是威逼、恫吓，还喜欢只有在数量占据压倒性优势的时候才会打斗，对一只落单的牧草地鸟儿群起而攻之，如此一来就对它们没有什么危险了。

因此，这场麻烦是随着蓝鸲筑巢而开始的。大约有一周，双方的冲突从一个鸟盒缠斗到另一个鸟盒，那只雄蓝鸲一次次勇敢地击败数量占据优势的家麻雀，只是在它逐走第一个恶棍时，其他的恶棍又趁虚而入，飞来骚扰它那温柔的妻子，不管它多么努力地维护，它所聚集的筑巢材料还是被那些家伙偷走了。虽然仅仅可能是运气眷顾勇敢者和坚持者，但蓝鸲最终采取了这样一种方式，在我看来就像是经过了充分策划、小心执行的策略：这对蓝鸲放弃了梨树上的那个鸟盒，转而开始在钉在厩棚一侧的另一个鸟盒中筑巢。不过，那些家麻雀当然不依不饶，尾随而至。然后，蓝鸲又回到梨树上的那个鸟盒，家麻雀再度尾随而至。于是蓝鸲又开始在第三个鸟盒中筑巢，每天都把材料分别带往三个鸟盒，尽管从表面看来，我认为它们把材料带到了第二个和第三个鸟盒。无论如何，这些家麻雀似乎将更多的注意力集中在后面两个鸟盒上。与此同时，蓝鸲暗渡陈仓，悄悄完成了在梨树上的那个鸟盒中筑巢。后来，它们在相当安宁的环境中产下了卵。

那些家麻雀没有在另外两个鸟盒中筑巢。它们根本就不想筑巢。它们也并不特别在意偷来的那些材料，因为在蓝鸲完成了梨树上的巢穴，能够保卫巢穴之后，家麻雀就没有继续去偷窃材料了。

这样的情况够糟糕的了，然而，与它们后来犯下的滔天大罪相比，这只能算是小小的骚扰。在蓝鸲筑巢的那个鸟盒中，两只幼雏发育得相当成熟了，蓝色开始沿着它们的翅膀显现出来，而随着蓝色出现的，还有显著的正在生长的羽茎的白色，暗褐色的边缘已经触及它们胸脯上的羽毛。此时，两只亲鸟表现出极大的活力，它们到处觅食，喂养可爱的小宝宝，它们俩都忙忙碌碌的，还常常一起离开巢穴。

有一次，就在两只亲鸟同时离开巢穴的时候，家麻雀趁虚而入，落到这个巢穴上，钻进去将幼雏赶出鸟盒，致使其活活地摔死在地面上，尸体落在高高的草丛中而未被注意到，就这样，家麻雀完全占领了这里。蓝鸲亲鸟回来得太晚，以平常罕见的行动迅速地赶走了入侵的家麻雀。直到此时，它们愤怒的行为才初次引起了我的注意，但我要施以援手为时已晚。

蓝鸲幼雏死了，家麻雀弹冠相庆，发出沙哑的声音来庆祝，喋喋不休地谈论，那只雄蓝鸲怒不可遏，它选中了一只家麻雀作为报复对象，用我无法相信它所能实施的愤怒对其进行攻击，此时，那些家伙偶尔会发出一声恐惧或痛苦的尖叫。尽管如此，不久之后，那只雄蓝鸲便停止了报复，两只蓝鸲在那棵树周围悲哀地鸣啭了好几个小时，振翅飞翔中，一次又一次平衡在它们那惨遭洗劫的家门前，热切地朝里面观望，仿佛它们无法相信自己的孩子真的消失了。后来，它们就默默地离开了。毫无疑问，它们在偏远的牧草地的某棵空心树上找到了另一个家园，养育了另一窝幼雏。但是，我设置的那几个鸟盒从此就空空如也了。

而最糟糕的事情，就是我对此几乎不能做点儿什么——我既不能阻止悲剧的发生，也无法报复那些家麻雀的恶行。我的确拿出了我那支陈旧的多管野鸭猎枪，而十几年来，我都不忍心用它来对着鸟儿甚至是白骨顶（coot）开枪——我真想轰击那些家麻雀，但这样做，更多的是打扰邻居，而不是惩罚那些恶棍。

我认识一个本性最为温和的大自然热爱者，一个对鸟类十分博学、酷爱所有鸟类的人，他曾经常常说自己希望世界上所有的家麻雀都只有一个脖子，还说自己可以把那个脖子握在手里。当然，我也希望他能握住那个脖子。

因此，蓝鸲在消失几周之后就回来了。它们的那些胸脯上有着斑点的幼雏，本来应该是在我的苹果树间和丁香（lilac）丛中的隐秘之处长大，相反，它们却在牧草地上长大了，而且它们明年的筑巢计划很可能会包括牧草地上的野苹果树，而不是我设置的那些鸟盒，遭此一劫，它们变得更胆怯，更缺乏响应，与它们应该表现的样子相去甚远。它们的歌声中含有一种对秋天的遗憾的悲叹。在春天,它们歌唱"欢乐、欢乐",如今它们却说着"离开、离开"!在这样的歌声中,有几分那种"不再要洛哈伯①"的性质。

但是,那沉默了几周,现在又重新开始歌唱的,还不止蓝鸲。从7月初到8月中旬的这段时间,是整个鸟类世界隐退的时段。交配季节,随着搅动灵魂的狂喜、构筑巢穴的劳动、对孵化幼雏的焦虑,这件大事接踵而至:照顾那一窝初生的幼雏。一只身体健康、羽毛初生的雏鸟胃口奇大,一天就要吃掉与自己体重相仿的食物,到那个时候,它就能在附近做更多的飞翔,追逐成年亲鸟,因为父母早已疲惫不堪。我真的相信,只有在幼雏对食物的需求随着身体的长成而变得如此巨大,以至于父母因为纯粹的身体疲劳而停止供食的时候,它们才会自己飞出去觅食。

我曾经亲手抚养过一对乌鸦幼雏,把它们从位于一棵大松树上的老巢中取下来,而把另外三只幼雏留给亲鸟自己抚养——后来我认为亲鸟抚养三只完全足够了。当时,它们就是赤裸、躯体如同荚果一般的生物,长着抓攫的长脚爪、荒谬可笑的翅膀短桩,哎,还有何其丑陋的嘴巴!当我给它们喂食,看着它们大大张开的嘴巴时,我常常会用一只手抓着什么,唯恐自己跌进去。我连续不停地喂养它们。我为了怎样善待它们而焦虑,还发现了蛙类是它们最满意的食物,便大肆搜寻绿林蛙(Rana virescens)及其近亲

---

① 苏格兰高地上的地区之一。

种类的栖居地，结果导致附近的蛙类数量大为减少。后来，我发现鱼类无疑也会适合它们的口味，于是我又去钓鱼，结果导致那里可用于垂钓的蚯蚓群严重不足。然而，这两个家伙依然迅速成长，需要更多的食物。

不久以后，它们的身体就长到了足以使用翅膀的程度，而且它们无疑把我认成了它们的"亲鸟"，无论我去哪里，它们都会拍动翅膀、抓攫脚爪而跟过来，用那种最悲惨、渐渐升高的声音叫喊"呱——呱——呱——呱"。然后，我完全意识到自己承担了"亲鸟"的职责。我尽可能把大量食物填塞给那两个大喊大叫的家伙，而它们依然发出痛苦的声调来乞求更多的食物，没有认识到这些事实的人，还以为我在虐待它们，没给它们喂食呢。那如此喜爱、跟随玛丽亚①的羊羔，根本无法和那两只乌鸦对我——它们的"养父母"所发出的那些大喊大叫相比。

好几周以来，我都忐忑不安，担心"防止虐待动物协会"（SPCA）的常驻代理人，那是一个警惕心极强而心肠软，却又很轻率的女士，我担心她会听见这两只小乌鸦发出呼吁，而显然又没有人去回应它们的需求，从而去法院起诉我。在诺福克县（Norfolk County）的任何一家地方法院，她都有足够的证据证明我有罪，然而那两只幼雏正在那里吃着冷藏库外的一切可食之物。

成长中的鸟儿的胃口就是这样大。然而，在夏天消失的过程中，

---

① 即圣母玛利亚。

幼雏们通过需求而得到指导，或者通过学会为自己觅食和停止呱呱叫的时机就到了。然后，密丛沉默得奇怪。幼雏们不再吵闹着渴求食物，也尚未学会歌唱。成年亲鸟停止了歌唱。确实，它们没留下什么，只留下自己的骨头和羽毛，还有那种有意识的正确的氛围，一项高尚而极为艰巨的工作成功地完成了，那种氛围也随之而来。接着，它们的羽毛也开始脱落，因为脱毛期即将来临。

雄性的猩红丽唐纳雀（scarlet tanager）不再像闪烁的火苗栖息在树端鸣啭"仰望吧，一路向上，看着我，树端"。它那猩红的外衣开始褪色，变得暗黑，露出磨损的迹象，在它缄默而矮胖地栖息在阴影中之际，其羽毛最终全部脱落。不久以后，那种猩红就完全变成一种单调的橄榄绿，就像它那不太引人注目的伴侣一样，尽管它在翅膀和尾巴上还保持着黑色，你也不会把它认出来。

同样，在6月的草地早熟禾上，刺歌雀（bobolink）如此显著地悬摆，它身披黑白的外衣，经历脱毛期，呈现出褐色，如同雀鹀飞来。靛彩鹀（indigo bunting）那栩栩如生的蓝色从身上一片片落下，大面积的灰褐色取而代之。

鸟儿们彻底疲惫了，绚烂的羽毛散落，变成单调而迟钝的色彩，沉默一段时间，等待恢复元气，就不足为奇了。其中的一些鸟儿似乎保持了足够的勇气与活力，在整个脱毛期间，它们都要在早晨纵声歌唱，特别是知更鸟。尽管我怀疑这些极少数忠实的鸟儿——因为8月第一天的早晨的知更鸟歌手，对于6月第一天的那些鸟儿，将会有一到二十只——它们也是年轻快乐的放荡者，并不关心嫁娶，或者对爱情感到失望，依然为保持自己的勇气而歌唱。现在沉默得最奇怪的正是那些最佳的歌手，它们沉默好几周了，在这附近，要到明年春天才会听见其中大多数歌手的声音。

我的猫鹊如此悲伤，看不见其身影，也听不见其歌声，以至于我开始认为它被猫给抓走了，直到我走下山丘，在胭脂栎中间搜寻它的踪影。尽管它的巢穴就位于丁香丛中，它本身也显得破破烂烂、形容枯槁，一如它的巢穴，幼雏们差不多将其踢成了碎片，才跟它一起度过这段艰难的时间。当它看见我的时候，它的精神才稍微有所振作，轻轻摆动尾巴而道歉，以一种幽默得根本不像它的方式那样咪咪叫着，它如此不满。但那是在一周或者十天之前的事情了。昨天，我听见某只鸟儿在外面花园脚下的侧柏（arborvitae tree）树上，对自己咕咕地唱起一支小曲儿，它偷偷地溜上来，我才发现就是那只猫鹊。它身着新衣，相当光滑，正在用一种惬意的低音来练习唱歌，仿佛它的确不该完全忘记自己的歌。

再过四五周，它就会开始活泼地飞越好多公里的乡野，这漫长的距离把它和它在佛罗里达南部的冬天之家分隔开来，或许那个地方更远，在某一片我本人见过、热爱过的连绵的原始森林中，那里位于圣多明各（Santo Domingo）的腹地。它不会在那里某一棵高高的木棉树（ceiba）上唱歌，或者在某一棵高贵的棕榈树那羽毛般的叶片上悬摆。它可能不会在这里最高的白丁香丛末梢再度唱起那支歌，但我知道，在那里或这里，它都会偶尔用那种柔和、美妙的低音来练习那支歌——你不会相信那是猫鹊唱出的曲调，在来年 5 月,当它拍动强劲的翅膀,再度回到这里的时候,它还会准备好用喜悦的铃声将那歌声发散出来。我看见的那对蓝鸲可能会跟它一起过冬,如果真是那样的话,那么我希望它会说服那对蓝鸲,让它们在来年春天重新飞回来,尝试我安置在梨树上的那个鸟盒,在那里面筑巢、繁衍后代。

第 10 章　低潮时节的湖泊

The Pond at Low Tide

湖泊在低水位时节展现出来的所有动植物的生活史中，我依然认为淡水蚌的生活史最为有趣。在浅水边缘的上面和下面，你自始至终都会发现它们的存在，其外壳最为奇妙地呈现出橄榄绿和浅黄色的条纹，且相互交替……

湖泊四周，林地动物正在享受一顿以水产为主的大餐，因为这是退潮的时刻，而且还是惊人的低潮，许多水生动物露出来，躺在泥淖上。我想起20年来，这个湖泊都不曾有过这样低的水位。普通年份退潮时，在乌鸦能发现一只淡水蚌（freshwater clam）的地方，它如今可以左右逢源地大饱口福，吃得都快撑不住了，因为干旱漫长而严重，湖水干涸，湖底的泥淖最终露了出来。

我说到淡水蚌，因为那是通常用于这类生物的名字，尽管我知道我更应该称之为河蚌（river mussel），而如果我想用严格的科学学名来称呼它的话，则应该称之为 Unio margaritifera，尽管难以确定那是不是你所期盼的那种珠母贝（margaritifera），因为那些给珠蚌（unio）分类的人已经知道了这类动物大约有1500种，其中大部分都能在这个国家的河流中找到。

乌鸦对此几乎毫不在意。在阳光明媚的小水湾里，它们大肆享用烧蛤野餐,当我偷偷摸摸凑上前去观察时,我认为自己听到了它们颌骨张合的咂巴声。当我绕过那些热爱水岸的悬铃木构成的屏障,我知道我将突然面对它们,我期待发现它们随着欢闹的伙伴关系而就座,把餐巾铺展在宽大的背心上,在融化的黄油中汲取一口口美味的食物,在白色的餐巾后面咀嚼,大快朵颐。不过,我总是错过看见那餐巾和盛着黄油的碟子,但是,那些留下的贝壳足以证明那里发生了什么。如果雌乌鸦飞翔时带走餐具,那也不过是人类野餐者在海滨遭到驱赶时所干的事情。

当这个湖泊满盈的时候,其水位比现在大约要深三米。5月,水波在湖畔轻拍森林的根须,如今,从森林到湖底的泥淖,依然有水逗留不去,形成一条狭长而倾斜的水滨地段,长约90米。在这上面留下足迹的动物,并非只有乌鸦。紧靠湖畔的软泥中,鹭(heron)摆出一副威严的样子而走动,精确地留下那一路前进的足迹。鹭可能并无多大的野心,但它是故意的,且不改变方向。乌鸦在烧蛤野餐上咯咯地叫唤,哈哈地叫唤,而鹭则享用鱼的大餐,那样子很庄严,就像它发誓再也不会去吃鱼了。

在那里,你经常会看见松鼠从树上跑下来饮水,它们快活地蹦蹦跳跳,时而吮吸一下,时而蹦跳着离开去检查别的什么,如果想起了它们前来的目的是为了饮水,便畅饮一番,然后就匆匆忙忙离开,以直线的长长的跳跃返回树上。松鼠并不严肃,一点儿都不严肃——但它很有条理,尽管每次蹦跳都流露出一种幽默的亲密、融洽,但它并不会在自己的事情中拖延。

与此大相径庭的是臭鼬（skunk）先生的足迹。它漫无目的地一路漫游，其横斜的行走往往跟径直前行不相上下。臭鼬并不知道自己要去何处，它在路上不会平顺地前行。无论在湖岸上还是在别处，我都从未见过它留下的足迹，至于它的习性，我则产生了新的怀疑。直到深夜，它还在外面。它的足迹就表明了这一点。我认为它在前往水边之前就已经饮过水，它之所以会去那里，或许是因为它也知道珠蚌何等美味可口，而且还以感情脆弱的方式来搜寻这类食物。

然后是麝鼠。它们不必等到水位很低的时候才来赶赴这场蛤肉宴会。它们是潜水专家，只要适于自己的想象，它们就会采集珠蚌而大快朵颐。在小水湾泥泞的浅水中，你会看见它们的足迹有条不紊地向前延伸，它们喜欢从那里追踪某条涓涓细流来到岸边，而它们在夏季的洞穴就位于岸边的高水位之上。

稍后，沿着沼泽般的边缘，你会发现它们在冬季居住的圆锥形房子，那是一个用草皮和根须高高堆积而成的圆锥形，在冰上有一个温暖的庇护之所，在下面有一个出口，它们可以从那个出口游出去觅食。麝鼠的足迹显示出这种勤奋的动物居民的每一个标记。它们紧紧依附经常行走的路径，尽管麝鼠在夜间出来，但没有人会怀疑它们的节制和勤奋。毋庸置疑，它们的性格极好，它们的足迹就充分显示了这一特性。

在低潮时节的湖岸上，尽管冰川或许已经形成了好几百万年，但它也在这里留下了痕迹。在有花岗岩壁架的地方你能注意到，甚至早在冰川庄严地、趾高气昂地流过之前,这些壁架就存在于这里了,因为它们呈现出冰以那种咕哝着的宏大气势在它们上面碾磨小石头,冰通过磨损的力量在持久的花岗岩中渐渐磨出辙迹的地方。

冰川的足迹就像蛇行的痕迹,它没有留下脚趾印,但其一路滑行的前进路线却准确无误。与那显示出这些条纹的壁架并肩而立,在软泥上,你看得见这一年的树叶留下的印痕——它们片刻间就被风扔在那里,然后又被风吹旋而去,却在身后留下了痕迹。这种季节的痕迹可能被一次呼吸就擦去,或者被撒下的淤泥覆盖起来,最终硬化成沙岩,从而形成树叶的痕迹,其年代久远,远及冰川的痕迹留下的那个时代。在这里,瞬间和万古相互推挤,寻求自己的一席之地。

在树桩湾①(Stumpy Cove),你可以读到往昔其他有趣的记录,尽管乘坐电车旅行的人发现了湖泊,在湖岸上建起了平房,将铁皮杯沉浸在湖水中,用留声机来恐吓牛蛙,但这些记录依然存在于最野性、最隐蔽的地点。尽管如此,那些铁皮杯不会长久地持续下去。流动的淡水会不断产生氧气,氧气与泥淖的湖底的腐植酸(humic acid)一起,很快就会毁坏这些铁皮杯,在上面形成一层层氧化物。但是,两个世纪以来一直发挥作用的所有这些溶解力,对树桩湾的树桩几乎没有产生什么影响。

---

①位于马萨诸塞州。

这些树桩的心材依然健全，它们交织的根须讲述了一个故事，即这个位于肥沃的沼泽的腐殖土中所发生的故事，就像树桩湾那时的模样——那个时候，是在迈尔斯·斯坦迪什涉足普利茅斯岩①（Plymouth Rock），或者在第一个白人从蓝山的顶峰窥视内陆之前。因为湖泊形成现今的模样大约只有100年，而在那之前的100年，它还是一片草甸，这个地区的农夫偶尔在周围来来往往。

在那之前，树桩湾还是一片辽阔的白扁柏沼泽，上面耸立着众多巨大的白扁柏，其直径达60厘米，干净、笔直的树干挺拔而起，高达15米以上，其间没有一个节瘤或一根分枝。这片天然的草甸长着干草，可以割下来喂牛，这些扁柏沼泽生长着一个世纪之久的植物，吸引了最初的定居者前来，他们挥动斧子，在树桩湾以及周边四面八方的沼泽上砍伐，当他们把木瓦材料运往波士顿市场的时候，16世纪的黎明几乎还不曾降临到蓝山上。尽管如此，在所有其他的沼泽中，年轻扁柏都留下来继续生长，被留给后来的一代代伐木者，于是新的环境就在这里出现了。

水把这片草甸间歇性地淹没了一个世纪，然后湖泊就从其中生长了出来。在那里，不仅树苗找不到立足之处，就连它们可能赖以生长的黑色腐殖土，也从那些巨大的树桩上被冲走了。大体上，这些树桩都经受住了冲击，虽然丧失了树皮和边材，但在两个世纪的时光流逝之后，其心材依然坚固如初。

---

①传说中美国第一批移民前往新大陆的登陆之处。

在这里的低潮时节，我读到了那些在两个多世纪之前就开始生长的树木的成长记录。它们的根须如此缠绕、交织，以至于从嫩枝梢头上吸取营养的原始树液，肯定冷淡地滋养了任何一棵树木，因为在靠近树桩和远离树桩的很多地方，心材连接着心材，显示出每棵树不仅耸立在自己的根须上，还耸立在四周邻居的根须上。它不仅被自己的细根所滋养，还被邻近的树的细根所滋养。大风无法将这些沼泽扁柏连根拔起。它们团结一致地伫立着，即便是分开，它们可能也不会倒下去。这是一种古怪的生长方式，我敢说，在白扁柏密集地耸立的众多沼泽中，这样的生长方式很盛行，但在这样的生长发生三个世纪之后，当我偶然在那边漫步时，它绝不可能对我显现。

在高水位时节，所有这些古怪的根须都沉浸在水下，你只看见树木粗大的一端，无数微型的小岛，小岛上有很多相异的植物在生长。6月，在这里，顽强而忧郁的甸杜奋力争夺野玫瑰的立足之处，越橘和香木蕨相互纠缠、依恋，如同在岸上飘浮一般。在这里，狭叶山月桂（sheep laurel）和绒毛绣线菊交织着，绣线菊和沼泽金丝桃（marsh St.John's-wort）交织着，给老树白色的骨架戴上花环，使得它们随着春天充满芳香的诺言而再度年轻起来。

仲夏之际，在一片片绿色和灰色的苔藓中间，你会发现那些细小的、钻石一般的小球体在闪耀。这些小球其实是一滴滴清澈、露水般的黏性液体，装饰着捕蝇草在北方的代表——茅膏菜（Drosera）的叶片。当苍蝇歇落到它的上面，捕蝇草就通过自己那钢夹般的叶片在苍蝇四周合拢，从而将其捕获。这另一种茅膏菜并不那么活跃，它用自己的蜜露来吸引昆虫，用具有黏性的腺来控制它们，用它的刚毛一点点掌握它们。这是一种古怪而美丽的小植物，你几乎不会认为它具有食肉性，因为映入眼帘的是它那钻石一般的饰物，增添到花饰上面，在整个夏天美化那些古老的树桩。

然而，湖泊在低水位时节展现出来的所有动植物的生活史中，我依然认为淡水蚌（Uniondae）的生活史最为有趣。在浅水边缘的上面和下面，你自始至终都会发现它们的存在，其外壳最为奇妙地呈现出橄榄绿和浅黄色的条纹，且相互交替，直到你可能认为自己发现了孔雀石（malachite）的结核——很久以前，冰川就从拉布拉多的某条矿脉上将其采集出来，碾磨成不对称的卵形体之后，才将其扔在往昔的草甸边缘上。在某些个体和某些光亮中，这些生物的外壳微微发出绿色和金色的闪光，就像那些内心具有柔和之火的宝石。就像是有乳白色的灵魂居于其中，乌鸦用嘴喙一击便可能将其啄破的薄薄的外壳，被如此构造成型，以此抑制和约束那乳白色之物的红色与蓝色，却传送出绿色和金色。

你发现很多这类生物，但它们只把外壳的背部突出泥淖。这也许是这类生物的自然位置，但是，我发现其中有很多都静静地侧着身子躺在浅水中,在平静的波动中轻轻地来回摇动,仿佛它们在那里仅仅是为了向我展示其身上闪耀的色彩。但是,如果你对其中的一只专注地凝视一阵,就会看见它小心翼翼地张开外壳,伸出一只脚来。这是它最佳的状态,因为它最先将拥有的一切都伸出来。它的脚十分洁白而干净,也可以称之为它的舌头,因为它用那条舌头来摄取食物。它的脚的长度约为其身子的一半,当它尽可能远地把脚伸出来,或者它敢于尽可能远地伸出来,看上去就像一条生长在它的外缘上的精美的白色须边。因此,为了自己的胃口,它尽量把微生物或废物之类的东西从泥淖的表面收集进来。

一件相当有趣的事,就是在一旁观察一只淡水珍珠贝(Uniomargaritifera)优美地收起它的小脖子上的特殊烙印、嘲笑乌龟。尽管如此,一旦有对此不感兴趣的最不幸的征兆出现,它就会像蛤那样合拢,如果你想看到它的更多细节,还需要拿出小折刀来把它撬开。

在湖底的软泥上,在水大约只有2.5厘米深之处,你会看见珠蚌把这种所谓的脚当成真正的脚来使用,因为它不仅伫立在这只脚上,还在这只脚的帮助下行走。这些符号是奇怪的飘忽不定的痕迹,就像是用削尖的小棍画出来的,有时其距离长达好几米。如果你仔细检查这条踪迹朝着水域移动的那一端,就会发现它的里面有一只珠蚌,那通常是一只年轻珠蚌,因为正是它在旅行中留下了那些痕迹。对于珠蚌来说,到了一定的年龄,它就会成为伟大的旅行者,换句话说，这样的事情发生在它很年轻的时候。成年珠蚌会步行，而年轻珠蚌在发育完全之前是靠搭乘，因此你可以把它们当中的一些称为"湖泊世界的闪电快车"。

在一年中的这个时候，如果你掰开一只大珠蚌，就很可能发现里面有一些令人惊诧的卵。这些卵被携带在育仔囊中，这个育仔囊似乎占据了两片外壳之间几乎所有的空间。看见这些卵，你茫然地疑惑那给予这令人惊异的后裔携带者空间的地方。就在这些年轻珠蚌所在之处，它们在某种程度上渐渐成熟，形成具有钩子的微小外壳,还形成特殊的感觉器官。那些钩子和感觉器官的生成，使得它们不会错过"搭便车"，而如果哪一只年轻珠蚌到了青春期，那么这种"搭便车"的方式就成了它的特殊待遇。

在钩介幼虫（Golchidium）——科学家对处于这个发育阶段的珠蚌的称呼，从母体的壳内被送出来的那一刻，它便开始在其感觉器官的协助下寻找一条大道。在这里，它可以搭乘的第一种运输工具，无论行动缓慢的鲶鱼慢车、鳊鱼汽车还是小梭子鱼飞行器，它都统统来者不拒。它把自己依附在第一条路过的鱼的身上，通常是依附在对方的鳃上，在那里就像大多数旅行者一路搭乘便车，继续发育。

不久以后，它通过旅行而得到了"完成"，就在某个方便的车站下车，掉进泥淖之中，准备好演讲，我猜想是这样的：在它看来，它要面对世界上任何一个珠蚌女性俱乐部的成员进行演讲。直到那时，只要它成为珠母贝，就开始积累珍珠。

珠蚌究竟是通过阳光和浅水中的什么神秘之物，才获得了外壳表皮透明的绿色和金色，关于这一点，我不得而知，相比之下，我更熟悉究竟是什么颜料或什么水中仙女的手指，在睡莲心中或外层萼片略带粉红的绿色中握着那涂绘金色的画笔。在同样的泥淖中，这两者都找到了自己的生存之道。

　　但是，即使我能这样述说，我也有充分的理由而驻足，因为这种没有脉动的软泥生物的内壳之美而停顿下来。也许在它旅行的日子里，这种钩介幼虫在水面的波纹下来回飞奔，捕获了天空那发光的蓝色，黎明那玫瑰色的红光，在欢跃的光芒中合力颤抖的彩虹光辉，以此来创造它那生长的外壳内部表面的真珠质。因为在大自然的其他地方，我们都不可能发现容纳着苍天与火焰的如此的微光色彩，不可能发现它那如此美妙的柔和。它旁边的蛋白石炫耀、粗糙。我们之所以称之为珍珠母，是因为那可能价值一大笔巨款的宝石就诞生于相同的来源。

　　珠蚌是童话中一个善良的少女，因为珍珠从它的唇边掉落出来，使得东方潜水者混淆不清。如此具有迷幻色彩和迷人形态的珍珠，并非来自锡兰[①]（Ceylon）、苏禄[②]（Sulu）、巽他海峡[③]（Straits

---

① 斯里兰卡的旧称。
② 指菲律宾的苏禄群岛。
③ 位于印度尼西亚苏门答腊岛和爪哇岛之间。

of Sunda）和加利福尼亚湾①（Gulf of California），而是从那些诞生于美利坚溪流的河蚌中取出来的。据我所知，我所在的这个湖泊的浅水处，可能容纳着一条项链，其价值如此之高，以至于它的伙伴尚未环绕在一个女王的颈项上。如果是这样，我倒真的希望没人会发现它，因为这样的低潮要大约20年才会来临一次，当下一次低潮来临之际，我仍想发现这片水滨因为珠蚌的绿色和金色还有珍珠母而显得如此美丽。

---

①墨西哥西北部的狭长海湾，太平洋深入北美大陆的狭长边缘海。

第 11 章　渴望第一场秋雨

How the Rain Came

在这样的夜里，如果你不希望被整个世界听到，那就压低嗓音说话吧，因为你四周的空气被调到了你那个音高的无线电话听筒。在地平线上，黄昏到处悬挂的那些灰白的雨帘，使得整个世界成为一条回音廊。

绶草通常被称为"女士发辫"(ladies' tresses),对于这种植物,这无疑是一个彬彬有礼的名字,因为没有什么能比女士的发辫更美。就像它的名字所显示的那样,这种植物很美,但在其他方面却并非如此,因为这种花卉并非发辫,而是以螺旋状镶嵌在玉石中的精美的珍珠眼睫。这个早晨,雨透明地飘落下来,这些眼睫末梢上沾满无色的珍珠之泪,当它们朝着羞怯的笑容眨动的时候,那些泪水就顺着螺旋流淌下来,从而被始终依附在绶草的脚周围默默崇拜的小草热切地吻掉。

附近,那些纤细种类的假毛地黄(gerardia)举起玫瑰色的花杯,畅饮这些清澈的珍珠,在其中找到一种能治百病的药物。雨中,在牧草地的草丛中等待的每一个花杯里,青春的喷泉喷涌而起,草丛本身热切地畅饮。雪松用这些清澈的珍珠来装饰自己,身披由无数珍珠、绳子和项链镶边的外衣,让它们的端庄形象得到了如此软化，以至于它们不再像以往那样坚固、挺直，却呈现出柔和的圆形曲线，与那珍珠镶饰的外衣相匹配。

昨天，牧草地所有的动物在行为上都有着某种清教徒似的严厉，一种牢牢坚守着收缩的生活的美好趋势，一种肌肉的收紧——这样的肌肉因为长期的紧张而疲劳，却不可能为了获得灵魂的好处而放松牢牢的把握，因为在昨天，牧草地因为夏季漫长的干旱带来的贫瘠而变得干燥、坚硬。

今天，第一场秋雨降临了，这些清教徒不再那么严厉而固执，却在那种迷惑你的柔软之美的摇曳的曲线中放松。正如你所认为的那样，这就像是在参加古老的加尔文[①]教徒在星期天举行的宗教仪式之后，你发现它转变成了山林仙女的农庄野餐会。

确实，那些始终在安息日[②]（Sabbath）一般的祝福中张开手臂的松树，似乎在请求虔诚的祝福降临到所有这些——它们的牧草地的孩子身上，它们把纤细的叶子收叠到一起，如同正在轻轻地进行感谢祈祷而合十的双手。但是，柔和的雨水也拥抱它们，在它们知道之前，它们就装饰着那些给予新娘的晶莹的珍珠，它们羽毛般的叶片在敬畏地点头，却在宝石中显得如此美丽，它们的曲线中有一种如此柔和的优美——它们以前如此严厉而阴沉地伫立，以至于每一棵树似乎都像某个宽宏大量而又美丽的女人，为了婚礼的欢宴而身披盛装，在一座

---

① 法国宗教改革家（1509—1564）。
② 大多数基督教徒把一周的第一天——星期日作为休息和拜神的日子，即安息日。

圣殿中俯身鞠躬、祈祷，一如她汇入来客当中的时候。

雨早就在下着。一只孤独的鹌鹑预测到了雨，自从不久前连续三个冬季降临的严寒和深雪以来，这是我所听见的第一声鹌鹑的鸣叫。我曾经认为每一只鹌鹑都被窒息在那白色的深处，或者被严寒冻结起来。三年都没有听见鹌鹑发出的啸声，这是一段漫长的时间，我相信，这只鹌鹑并不是以前那些鹌鹑的幸存者，而是从南方的田野上醒来的鹌鹑，在它所醒来的地方，在那些严酷、凛冽的冬季，积雪并不那么致命。

鹌鹑究竟只是对所有在乎去听它的人宣布自己的名字，还是在做出天气预测，这难以辨别。农夫的一个手下，无所不知的约坦说这就够了。鹌鹑在一次宣布的时候说："鲍勃，鲍勃·怀特。"而天气预测则有所不同，那时它会这样说："潮湿，更潮湿。"你所不得不做的一切，就是去侧耳谛听。

这就像约坦的祖母制作肥皂的配方。你从壁炉的炉膛中收集碳酸钾，把水倒进铁壶煮沸，烧到一定的浓度。通过在那水面上放一枚鸡蛋，你就会了解这一要点，如果调合物使用得正确，那么鸡蛋要么会沉下去，要么会浮动，要是那位老女士能记得究竟是哪一种，她就有福了。这是成功的神谕所拥有的一种方式。德尔斐神谕[①]曾经就遵循过这样的方式。

[①]德尔斐，古希腊城市，因有阿波罗神殿而闻名，神殿门前有一句石刻铭文："认识你自己。"这句话曾引起过无数智者的深思，后来被奉为"德尔斐神谕"。

因此，当那只孤独的鹌鹑栖息在牧草地的岩石上时，脑袋稍稍向后倾斜，鼓起它那白色的喉咙发出啸声，声音圆润而清晰，我就走出去跟它相遇，同时扫视天空，寻找天气变化的迹象。前一天，天空就像是一只倒扣在喘息的土地上的铜碗，高地的灌木丛可怜地悬挂着叶片，更为坚韧的药草枯萎了，更为脆弱的药草枯死了。

在这样的日子里，夏季漫长的干旱最为糟糕地发泄了出来，焦干的牧草地大张着嘴巴仰卧着，渴望着雨水从天而降，就连那曾经如此自由地让牧草地的动物恢复活力的湖泊，如今也萎缩了回去，萎缩到一道大约五米宽的沙砾和粗糙的石头边缘，阻止动物们走下去饮水——每当这样的时候，我就喜欢走到水边，对那些金黄水八角（hedge hyssop）感到惊奇。沿着湖岸，夏季的干旱阻止了水草生长，这个大约五米宽的空间也确实不适合水草生长。冬季和春季洪水泛滥的时候，其他陆生植物找不到立足之处，然而，就在你认为湖岸要永远光秃、荒芜的时候，那些金黄水八角则成群结队而来，用青葱翠绿将湖岸覆盖起来，用金色的笑容照亮湖岸。

在我看来，这种植物的普通名称所表达的似乎是独创性，而不是目的。从名字来看，它跟树篱无关，也不是牛膝草（hyssop）——牛膝草是一种花园植物，属于老女士喜欢用于手巾、帽子、绣图睡袍上的百里香（thyme）、熏衣草和其他芳香的药草。而金黄水八角并不属于这些芳香的药草，一年十二个月中有九个月，它都在水下等待时机；在另外三个月，它都伫立在这一年一度的退潮后留下的光秃、多沙地段上，满足地闪烁着金色的光亮，沿着岩石鳞峋的湖岸攀爬，布满每一条缝隙，朝着那黄铜般的天空的眩目之光举起它那黄色的花杯，对着它的朋友——那些低飞的小昆虫的触须散发出微妙的芳香。然而，如果它的普通名称没有多大意义，那么植物学家赋予它的名字就很合适。如果你喜欢选择拉丁学名，那么 Gratiola aurea 就有充分的理由意味着一种植物——一种即是金色的优雅或金色的祝福的植物。

在前一天，我无心前往位于高地的牧草地，然而约坦对鹡鸰蛋的阅读却很正确，因为南风把昨天那黄铜色的面容从天上统统吹走了。它不曾给天空留下清晰的蓝色，因为那样就意味着天气更凉爽，而且依然干燥，却将其置于一种似乎从四周的地平线上喷涌而出的苍白之中。那不是云层的苍白，因为视野中甚至没有一片积雨云呈现的雷雨云砧，只有那随风而来的苍白——那风的后面有暴风雨，然而要在暴风雨到来之前就吹灭自身。

布谷鸟急转，从一处密丛迅速飞掠到另一处密丛，它从眼角注意到这种苍白，从那时起，它一整天都对自己呱呱鸣叫，同时一圈一圈地寻觅毛虫类食物。"噼啪噼啪，嘘，嘘，靠，靠，靠"，它悦耳地咯咯叫着，以自己的方式这样说："哦，亲爱的，天要下雨，毛虫都会浸水。"约坦说。那些大老远来到这里的多切斯特[①]（Dorchester）未开垦地的早期定居者，教会了布谷鸟为其工作，但布谷鸟却如此懒惰，以至于那些得到更好帮助的定居者后裔将

[①] 美国马萨诸塞州波士顿的一个地区。

其放弃了，布谷鸟除了呼唤牛群，很快就忘记了它所了解的关于农事的一切。

每一只冠蓝鸦都是天生的戏弄者，在 8 月下旬，它就四处走动，叫喊着"雨、雨"，因为它知道不会下雨。它之所以这样做，只是为了愚弄牧草地的动物，然后，在没有雨落下的时候，它就在它的留声机发出的弦声中，为那些动物遭受的苦难而自鸣得意。

昨天，在它闻到南风的气味，看见天空上的苍白之际，它就停止了呼喊"雨、雨"，因为它知道雨正在来临。于是它一反常态，在牧草地上一圈又一圈地振翅旋转，钻进松树的粗枝间，在那里突然大喊，仿佛它惊讶地发现情况是这样的："清晰，清晰。"我猜想，牧草地和树林中所有的野生动物都比我更清楚地了解这些预兆，并且早在我知道雨将来临之前，如果它们要宣布的话，它们就可以宣布雨的来临。昨天，整个户外世界都知道这一点。随着天空那最初露出的苍白——要不然那是处于风的触摸之中的东西？下垂的植物举起叶片，准备好迎接雨水的来临。日落时分，在风的降临中，我能闻到雨的气味，而那些动物在上午 10 点左右就闻到了，那时才刚刚起风。

在这样的日子，越过湖泊看着风和太阳，波浪表面反射的光芒中，呈现出一种奇特的闪亮——如果你面前是晴朗的天气，你就看不见那些波浪。苍白的天空似乎在水中黝黑地反射出来。下风方向那下面，岸上的白杨浑身银白地耸立着，在风的鞭笞下呈现出颤抖的、忽闪的银白色；红花槭丧失了绿色，变得苍白；柳树则在色彩中发光。

这是树叶在风中的转变。你可以说它们在任何风中都会转变，露出它们更明亮的下侧，而且真是这样的，然而，当吹来的是那种带着雨水的风，外貌上就有差异。我无法告诉你这种差异究竟是什么，但它的的确确就在那里。相比干燥的风，潮湿的风可能让植物紧张的叶柄放松下来，因此让叶片更平坦地躺着，树木在总体上就呈现出一种不同的外观。善于测知天气气味的人们是在田野上长大的，而不是在墙内长大的，他们常常说，叶片在风中转变，天就要下雨了。他们就像牧草地的动物那样了解天气变化。

到了夜幕降临时分，气象局怀疑有雨，却并不十分确定一定有雨，于是他们就挂出"可能有雨"的旗帜。松林中所有的乌鸦，如今都聚集成越来越大的群体，我猜它们是在排练自己在劳工节[①]（labor-day）的游行，它们还发出一阵阵笑声"哈——哈——哈"，大叫着飞旋到天上，四处观望，又猛冲下来，仿佛笑得前仰后合。"哈——哈——哈，可能有雨，这里的天空正准备好倾泻一场持续24小时的倾盆大雨！"

风随着阳光降临下来，柳树和枫树的叶片在褪色成黄昏渐浓的紫色之前，再度变绿了片刻，但是，随着失败的微风的每一个微弱的预兆，白杨再度隐现出白色，发出一种发亮的幽灵似的朦胧状态，在人们看来，这种朦胧似乎是沙沙作响的黄昏，幽灵们柔和地发出磷光。只有在这样一个风力恰当的夜晚，你才会看见这些来世的来访者前往湖岸。

[①] 9月的第一个星期一，美国和加拿大为尊敬工人而设立的节日。

日落时分，天空中没有色彩浓郁的光亮。取而代之的是，在地平线上，黄昏到处悬挂着灰紫色的垂幔，那些帘幕遮住却并不隐藏傍晚之星，只是把它们几乎都遮挡在靠近地平线之处，让它们在天空顶上显得相对清晰。在这样的黄昏，群星没有眨眼，却在闪亮。那就是所有长着眼睛的牧草地的动物都熟知的雨的预兆。

那些长着耳朵却没有眼睛的动物，也可能知道这是什么样的夜晚，因为这样的氛围有某种特性，可以让声音传播得很远。在湖泊上游大约1.6公里处，传来了一艘独木舟座位上的短桨发出的轻叩声，那声音在你的耳朵里面响起。一列火车咆哮着穿过4.8公里之遥的树林，似乎距离如此之近，以至于你不知不觉地四处环顾，唯恐它从你后面驶来撞倒你，从你身上碾压过去。在这样的夜里，如果你不希望被整个世界听到，那就压低嗓音说话吧，因为你四周的空气被调到了你那个音高的无线电话听筒。在地平线上，黄昏到处悬挂的那些灰白的雨帘，使得整个世界成为一条回音廊。

有时在夜里，风渐渐寂灭下去。它如此宁静地逝去，以至于放到它唇边的镜子也不会记录那声最后的叹息。但是在整个傍晚，群星都知道它，那就是群星的眼睛如此闪亮的原因，那是为了阻止泪水。随后，群星就消失了，夜晚确实变得很暗。

在这样一个夜晚，气味传播得很远，其中不仅有牧草地世界中那些惬意的气味，还有从更远的镇子传来的气味——有时，那些气味并不那么令人愉快。空气不仅具有电话传送的特性，还具有传播气味的特性。遥远的皮革加工厂散发出一种微弱然而颇具特色的气味，通过这种气味，你可以越过乡野去寻找那个工厂，进行一场好多公里的驱邪仪式。尽管我的邻居的房子有1.6公里之遥，但它们的烟囱散发出的煤烟味儿却非常刺激我的鼻孔。我想我能辨别各种不同的气味，壁炉的气味不同于火炉的气味，就像客厅的炉子的气味不同于厨房炉灶的气味。这些气味被愉快地遗忘，因为有什么东西在牧草地的小丘上面压碎了檫木叶，那种美妙的芳香飘过来，驱走对其他气味的念头。

正如那预示着雨的夜晚呈现出灰白，早晨也带着宣告自己出现的深红色而破晓。鸟儿没有预报这个黎明，唧啾的昆虫没有亮起它那透过早晨的色调而探寻的嗓音。天空几乎没有亮起来，更确切地说，是黑暗变成了红色。光芒在要来临之际也没有从天上降临。相反，光芒从大地上喷涌而出，因为就在那种深红色消失之际，天空依然布满黑色的阴影，与此同时，在那没有色彩的灰白轮廓中，牧草地变得清晰起来。

一种期待的寂静孵化万物，那种寂静如此强烈，以至于第一滴雨听起来就像是手枪朝着你附近的一片叶子射击的声音。然后传来一阵齐射声，以及短暂的空间更遥远的沉寂，接着，你的四周响起噼噼啪啪的爆裂声。最初的那些沉重的雨滴落下来之后，轻盈的雨滴便接踵而至，这种噼噼啪啪的爆裂声融合成一种稳定的鼓声，对于你那因沉寂和微弱的声音而变得敏感的耳朵，它变成低声的咆哮。第一场秋雨就这样来了，牧草地的动物在夏天经历的苦难结束了。

诗人译者 | 董继平

译著年表

诗集　　1991 年《奥克塔维奥·帕斯诗选》
　　　　1995 年《四季的枫叶：多伦多诗选》
　　　　1998 年《纸上幻境：布洛克诗选》
　　　　1998 年《秋天奏鸣曲：特拉克尔诗集》
　　　　1998 年《从两个世界爱一个女人：勃莱诗选》
　　　　1998 年《时间与水：二十世纪冰岛诗选》
　　　　1998 年《玫瑰祭坛：索德格朗诗全集》
　　　　2002 年《安东尼奥·马查多诗选》
　　　　2002 年《伊凡·哥尔诗选》
　　　　2003 年《索德格朗诗全集》
　　　　2003 年《W·S·默温诗选》
　　　　2003 年《托马斯·特兰斯特罗默诗选》
　　　　2003 年《阿蒂拉·尤若夫诗选》
　　　　2003 年《二十世纪冰岛诗选》
　　　　2004 年《卡瓦菲诗歌精选》

2004年《洛尔迦诗歌精选》

2011年《特兰斯特罗默诗选》

2012年《欧美诗歌典藏丛书》(共5卷)

随笔　　2005年《清新的野外》

2015年《自然札记》

2015年《鸟的故事》

2015年《猎熊记》

2015年《秋色》

2018年《探访大灰熊》

2018年《荒野漫游记》

2018年《动物奇谭录》

2018年《追寻野蜂蜜》

2020年《林地小道》

2020 年《荒野牧草地》

2020 年《林间漫游记》

2020 年《野林之路》

小说　　2017 年《了不起的盖茨比》

自然物语丛书(第一辑)

这个世界的启示在荒野

无论你是在山林、湖畔、路边,还是在人类可以前往的所有荒野,都可以用约翰·巴勒斯的观察方式来探究自然。

——《自然札记》

鸟类世界与人类世界惊人地相似,充满了战争与爱情、欢乐与悲哀。

——《鸟的故事》

自然物语丛书(第一辑)

这个世界的启示在荒野

梭罗从季节的变迁、泥土的气味、种子的成长与果实的成熟中,捧出这些朴素然而闪光的文字。
——《秋色》

出人意料的是,一个政治家以优美的文笔描述了危机四伏的野外狩猎生活。
——《猎熊记》

自然物语丛书(第二辑)

每一个生命都值得敬畏

这是美国博物学家、著名自然文学作家、"落基山公园之父"埃诺斯·米尔斯作品在中国的首译。
——《荒野漫游记》

本书叙述了作者在山野间漫游时对北美最大的陆地野生动物——大灰熊进行探索的种种经历和真实奇遇。
——《探访大灰熊》

自然物语丛书(第二辑)

每一个生命都值得敬畏

地球上的一切生物都绝非呆若木鸡,造物主为自己可爱的小动物创造了一个个奇迹。
——《动物奇谭录》

当人们被困在水泥格子中大口喘息时,这样一本佳作却给我们带来了绿色的呼吸。
——《追寻野蜂蜜》

自然物语丛书(第三辑)

世界将自身缩小为一滴露水

我听到了堤坝上的水潺潺流淌的哼唱,听到了下面溪流的絮语,一只歌带鹀清晰、圆润、兴奋的嗓音,恰好穿过这些声音而传递过来。

——《林地小道》

穿过牧草地,香气从美洲葡萄的花朵上飘送而来。我只知道,它让我梦想到潘神在世界的早晨吹奏的笛管。

——《荒野牧草地》

自然物语丛书(第三辑)

世界将自身缩小为一滴露水

秋天,树叶开始飘落,从枝头飘向它们泥土中的家。地面上,风吹得落叶沙沙作响,仿佛是在演奏死亡进行曲。

——《林间漫游记》

北方飘来的雪把树林装扮得洁白,犹如神秘的世界,充满了形形色色的建筑,宛若仙境。

——《野林之路》